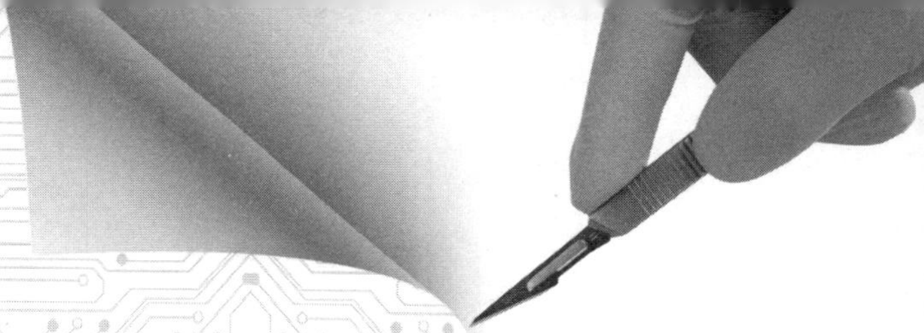

冒死记录 2

DEADLY RECORD

张海帆 著

U0913907

江苏凤凰文艺出版社
JIANGSU PHOENIX LITERATURE AND ART PUBLISHING, LTD

02 深井

这个梦是从前天晚上开始的，我梦见我在一片黑暗之中，想摸索到一个方向，但是不管怎么走，都会被一种东西缠住，而且越缠越紧，当感到绝望的时候，又会退回来，重新开始摸索，于是不断地被缠住，不断地退回来摸索。这种梦简直让人窒息。

目录 CONTENT

目录 CONTE

一 不间断的噩梦

我大汗淋漓地从床上坐起来，用力地搓着自己的脸，这个该死的噩梦已经连续第三天了。我身边的小梅不耐烦地翻动了一下，并没有醒过来。我拍了拍她的屁股，小梅还是咕哝了一声，并没有搭理我，继续睡过去。我也懒得叫醒她，如同前两天那样跟她描述一下，她只是一个肤浅的女人，听了也就只是听了，她最多当我是在放屁而已。

我点起一根烟，靠在床上，再也睡不着了。

这个梦是从前天晚上开始的，我梦见我在一片黑暗之中，想摸索到一个方向，但是不管怎么走，都会被一种东西缠住，而且越缠越紧，当感到绝望的时候，又会退回来，重新开始摸索，于是不断地被缠住，不断地退回来摸索。这种梦简直让人窒息。

昨天的梦还是差不多，不过我开始能够躲避这种东西的纠缠，并觉得自己一会儿变得巨大，一会儿变得细小。那些黑暗中的东西对我也是施加了更大的压力,在睡梦中都觉得自己已经濒临死亡了，然后就醒过来。

今天的噩梦还是老样子，不断地纠缠着、痛苦着，但是居然能够从这些东西的缝隙中尝试着钻过去，以至于最后终于看见了前方有星星点点的光点，有一个光点很明亮，是最明亮的一个，然后我就努力地向这个光点接近着。但是我又被黑暗中的东西缠住了，如此的紧，马上就要死去。我就在这个时候清醒了。

我承认我是一个经常做噩梦的人，但是所有的噩梦都是和我日常的生活有关的，不是被人追杀就是追杀别人，鲜血横流。但是这三天连续的这个噩梦似乎是有连贯性的，而且处在一种绝望的黑暗中，单调乏味，恐怖到令人窒息，真实到如同亲身体验。

这是不是我最近闹的案子，给了我太大的压力？我不知道为什么会做这样的梦,我除了和这个小梅说两句以外,也不会和任何人说，而小梅是个只有漂亮脸蛋和傲人身材大脑却像母猪一样蠢的女人，除了在床上能够发挥威力，其他时候我说什么她都搞不懂。

我使劲地抽了几根烟，让自己平静了一些，从床上下来，去洗了个澡。从镜子里我看到脸色很糟糕，本来能够睡着就非常不容易，结果还做这样的噩梦，我真是不知道自己怎么了。

我穿上睡衣，一个人坐在偌大的客厅的沙发里面，把电视打开，凌晨的电视都是无聊到了极点的电视剧。我只好又点起烟，让电视放出声音，自己想自己的事情。

弥红酒吧的后台没有想到还这么硬，不仅敢和我们大打出手，而且市局的李局长居然也警告我，不让我去惹弥红酒吧的老板。不过前两天，我还是忍不住那口气，派人去外地雇了两个小子跑到酒吧经理的家里，把他的双手剁了，然后让他们两个跑路了。结果不知道怎么回事，李局长从开始就认定是我干的，给了我很多警告，好像他们已经调查清楚了一样。我还不相信了，弥红酒吧的老板真的有这么大的能量，能够推翻我在南海市辛辛苦苦十五年打出来的天下？

李局长这个烂货也真不是人，当年还在成大路当小派出所所长时，是谁让他破了这么多案子，一步一步往上爬的？吃我的好处，我从来没有说个不，都是要多少给多少，这几年没有一千万，几百万也是有了。现在还跑来威胁我，让我最近不要这么嚣张，早知道这李烂货有今天，当年在成大路的时候就该废了他。

还有那个李烂货的头头田书记，我给他帮了多少生儿子可能都没有屁眼的坏事，这个王八蛋，居然让我拿出一百万搞定弥红酒吧的案子，要不我的问题就严重了。

我想到这里，把手中的烟重重地甩向电视机，烟头砸在电视机屏幕上，冒出了一阵青烟。以前我弄死个人，这两个孙子都没有像今天这样，难道他们是想利用这次机会和我翻脸不成？

我想到这里，大吼着：“黑狗！”旁边的一扇门很快地打开了，黑狗仍然穿得整整齐齐地跑了出来。我五年前挤垮三柴公司的时候，这个家伙是三柴公司老总的保镖，我给他留了一条生路，没想到这个小子死心塌地地跟了我，这五年已经成了我最信任的人，寸步不离我的身边。而且黑狗身手好，结实得像块石头，一个人能跟十几人对打还不落下风。最重要的是，这个家伙没有什么心眼，认死理，我是他老大，他就从骨头里面都认为我就是他老大。不像以前刚起家的时候，跟着我的那个红狼，最后就是他背叛了我，差点让我一无所有。

我看着黑狗，还是关心地问了一句：“你怎么还没有睡觉？”黑狗傻乎乎地笑着：“成哥你最近睡不踏实，我还是多陪着你一点，有点事情好照应。”我点了点头，尽管我已经变得很残忍了，但是好赖话和真心话还是听得出来的。

“你去备车。我要出去一下。”我吩咐他。

“是！”黑狗一转身就要跑出去。

“别开那个奔驰，开那辆广本。”我说。

“哦，好。”黑狗根本不会去想我为什么要这么做，他连疑惑都没有，我说什么他去做就是了。

我简单地把衣服换了一下，小梅也睡眼蒙眬地起来了，她裸着身体跟着我晃到客厅里，问我是不是要出去，我应了一声，让她乖乖在屋里等我。

这时候黑狗冲进来了，看到小梅裸着站在那里，还是有些吃惊，连忙要退出去。我哈哈一笑：“黑狗，还害羞啊。”黑狗只好站在门边低着脑袋，盯着地面说：“成哥，车备好了。走吧。”

我呵呵笑了两下，让小梅进去睡觉，然后和黑狗一起出了门。我对黑狗开玩笑：“哪天有需要，我让小梅陪你。”黑狗马上说：“不敢的，不敢的。”我说：“有什么不敢的，大哥给你的，你拿着就是。”

说实话，小梅是我碰到的少有的脸蛋漂亮，身材又好，而且床上功夫一流，并且没有那么多心眼的女人。

黑狗开着车，我坐在后座，从我住的别墅小区里面快速地开了出去，奔驰在没有什么车的南海的大马路上。我想去看看我的那个夜总会，那里是我来钱最快的地方，如果出了事，还真是麻烦透了。

刚走进夜总会没几步，夜总会的主管姚三就连滚带爬地跑过来迎接我，那些马仔通风报信还挺快的，不错，姚三的工作做得还比较到位。

姚三觍着脸问：“成哥怎么有闲心来看我啊？”我没有理他，径直往地下室走去。姚三忙不迭地赶在我前面带路。

我听姚三汇报了一下今天的情况，并安排姚三给我准备一百万现金，然后没有再多逗留，在那一群马仔的成哥慢走的呼喊声中，我离开了飘飘夜总会。

黑狗问我：“成哥，再去哪里？”

“玉门寺，赶他们的早课。”我说道。黑狗启动了汽车，向玉门寺赶去。

二 难道是我的人格分裂？

玉门寺是南海市最出名的一座寺庙。我在十年前曾经走投无路，差点想来这里出家。不过我还是咬牙挺过来了，我的合气公司越来越成功，扫荡掉了南海市所有能够与我对抗的公司，我也成了当之无愧的南海市商界的老大。

最近这几年，我开始走一些上层路线，有意地将自己包装一番，于是能够接触到玉门寺方丈苦贞大师这样的人物。苦贞大师，是我这辈子唯一敬仰的几个人物之一。在我苦恼的时候，我会利用一大清早，玉门寺还没有什么香客的时候来拜访苦贞大师，让他为我答疑解惑。自然，我也是玉门寺最大的香客之一，我每个月都会给玉门寺捐赠大量的金钱。

车快靠近玉门寺的时候，天边已经露出了牙白，玉门寺早课的钟声能够听得到了。黑狗将车停在不远的停车场上，和往常一样，他在车里等我，我自己步行走进了玉门寺。

门口扫地的和尚见到我，很客气地对我合了一个十，他应该认识我，这么早来寺庙的人，很多都和我一样是有些身份地位的。再往里面走了几步，还没有走到禅堂，就看见苦贞大师穿戴整齐地在前方庙堂下双手合十微微向我鞠了一躬。我很难想象为什么苦贞大师每次都能准确地迎接到我，这可能是佛家人的感应吧。

苦贞大师做了个请的手势，我自然也快步跟上，随着他迈进熟悉的、每次和苦贞大师聊天的禅房。来到这里，我身上的暴戾之气也消散得无影无踪，对于有上千年文化沉淀的佛教来说，我只是一个虔诚的学生。

我似乎比那些只会打架的小混混聪明得多，我知道怎么经营自己的小团体，敲诈勒索小偷小摸自然是少不了的，不过我并不会将这些钱拿去吃喝玩乐了，而是做一些卖黄色小说、小卡片和勒索一些小门市要求他们进我们提供的烟酒的买卖。二十岁的时候，我自己独立出来成立了一家叫合气商贸有限公司的小公司，还有模有样地亲自设计了一系列的管理规定,因为我这个合气公司捞钱有办法，跟着公司干的三教九流也越来越多。

我能够有今天的成绩，我相信是奇迹，有好几次我都觉得自己已经走投无路了，可能公司就要破产，或者我被仇家堵在死胡同里砍死或者被毙掉。总是在最危险的关头逃出生天，不是墙突然塌了，就是有些莫名其妙的好心人告诉我怎么逃走。也许这都是天意吧，冥冥之中我总觉得得到了上苍的青睐。

所以，我来到玉门寺都是毕恭毕敬，生怕得罪佛祖神灵，将我的这份好运收了回去。以前苦贞大师曾经说过我得到了金刚的保护，前世结缘，今生得报，玄而又玄，让我也不是很明白。只是知道按苦贞大师说的，是有神秘的力量在暗中保护着我的，让我相信这个世界是存在神灵的。

和苦贞大师安静地交流了一会儿，我想我应该做出我个人的一个重大决定了，如果钱搞不定这件事情，那我就准备拼个鱼死网破了。不过，苦贞大师今天好像也是对我欲言又止的样子，甚至破例地将我送出了寺门。

黑狗带着我回到别墅，小梅这个懒虫还是在沉沉地睡觉，她安心得很，反正只是我包养的小婊子，我不要她了，她自然还会投入别人的怀抱。她根本没有必要替我去想什么，我就算死了，她也不会掉一滴眼泪，最多觉得少了一个我这样的财神。

我吩咐黑狗："你待会儿给田书记的秘书打个电话，说我中午约田书记在鸣香楼 VIP888 吃饭，请他务必赏脸。你先去吧，我有点困。"

黑狗答应了一声，正要出去，我接着说："叫曾三少他们带二十个人在我别墅旁边蹲着，任何人不准靠近。还有，你把我的枪也带在身上。"

黑狗答应了一声，出去了。

有些事情如果做出了决定，心情反而放松了，今天这个事情必须要有个答案了。我往沙发上一靠，把沙发垫子上的毛毯盖在身上，一会儿工夫就沉沉地睡了过去。

我的梦居然又开始了，还是那片黑暗以及不知道是什么东西纠缠着我。我觉得我变得很小，从这些东西的缝隙中钻过去，不断地钻过去、钻过去，直到又看到那些亮点。我尽力地向最亮的一个点跑过去，中间几次差点被纠缠住，但是还是逐渐接近了这个亮点。我向这个亮点中跳进去，居然看到了一个人，那个人……就是我自己。

我“嗷”的一声又惊醒了，奶奶的，这个梦可怕极了！我摸了摸自己的脑袋，满头大汗，而且头还开始有些疼痛，几根筋好像在大脑里面怦怦地跳动着，拉得我的神经非常的胀痛，好像小时候背书时间久了，大脑很酸痛那样，不过这种胀痛比以前更加剧烈。

我站起来，觉得天旋地转，几次想站直都重新摔倒在沙发上。我只好叫：“黑狗，黑狗。”黑狗应该办事去了，没有反应，我又只好叫：“小梅，小梅。”过了一会儿，就听到小梅蹬蹬地跑过来，这次还好，穿了一件睡衣，不过一看就知道还是没有穿内衣。

“亲爱的，你怎么了？”小梅靠近我，把我扶住。

“叫你你听不到吗？”我烦躁地说。

“听到了的。刚才你应该睡着了，我没有敢叫醒你。你一叫我，我就跑过来了。”小梅委屈地说。

“好了，好了，小梅，你给我倒杯水，把我抽屉里那个蓝色盒子里的药拿过来。”我按着头，吩咐着小梅。

小梅就急匆匆地去给我准备了。

一会儿工夫，倒是都拿来了。我一看就气得要命："我说的是蓝色的药盒子，不是这个蓝色的盒子！"小梅又跑开了。

这个笨猪，能做点什么稍微地道一些的事情吗！

小梅又跑回来，这次终于拿对了。那个蓝色盒子里面装的是国外的一种非常昂贵的安定药，市面上根本没有办法买到，我还是从日本黑帮手上花高价买过来的。据说是给他们社长提供的安定药，那些日本人还告诫我只能自己服用，千万不能让其他人知道这种药是什么，不然麻烦很大。黑帮的人一般不会开这种玩笑的，所以只有我知道这是干什么的药。有时候我神经高度紧张，就是需要这种药来缓解一下。我觉得，我的头疼应该是神经太紧张了，加上又做噩梦造成的。

我吃了一片，缓缓地躺下，这种药功效发挥得很快，很快我的头疼就降了下来。小梅还不忘关切地问一句，好点了吗？我点点头，问："几点了？"小梅说："十点半了。"我点点头，我应该是睡了三个小时，但是那个梦却觉得做了足足有十几个小时一样，那感觉太真实了。

"你去待着吧，中午要出去和人吃个饭，你打扮一下。"我说。

小梅问："亲爱的，你没有事了吗？"

"没事了，最近睡眠不好，神经紧张。"

小梅离开了，我镇定了一下自己，站起来想到阳台上看看曾三少他们人在不在外面。

刚站起来没有两步，就听见有人在我耳边说话："你能听到我说话吗？"

我吓得毛骨悚然，这是个陌生的男人的声音，我这里怎么可能有陌生的男人和我说话？我发了一下呆，立即回头环视整个房间，什么人都没有。

我冲到卧室，小梅正在化妆，我吼道："你听到什么声音没有？"

小梅惊讶地说："没有呀。"

"一个男人的声音！"

"没有，没有啊。"小梅看到我，也害怕起来。

这个时候那个陌生的男人声音又传出来："你能听到我说话是吗？"

我马上吼道："小梅，你听到没有，一个男人！"

小梅害怕地站了起来："没有啊，我没有听到别的声音。我这里不可能有别的男人。"然后哭了起来。这个骚货肯定以为我认为她背着我偷男人，所以吓哭了。

是我出现幻听了吗？是刚才的药物有麻醉效果？我吸过白粉，知道可能会产生幻视幻听。但是我确定我大脑很清醒，非常非常的清醒！

我只好又从小梅的房间里冲出去，把挂在墙上的刀拿出来握在手上，到处比画着："你是谁，给我滚出来！你知道我是谁吗？你不想活了？"

半天没有什么反应。正当我要把刀放下一些的时候，突然那个陌生男人的声音又响起来了："请冷静点，我在这里。"

"嗯，哪里？"我又把刀举起来到处比画着。

"你的脑袋里。"

“嗯！哪里？”我一下没有反应过来，一会儿才想起来他说的是他在我脑袋里。

“放屁！你给我滚出来，你信不信我宰了你！”我吼道。

“我真的在你脑袋里，现在你就是我，我就是你。应该可以这么说。”这个陌生男人说着。

“你就是我？我就是你？”我脑袋里马上就升腾出 N 个念头，我疯了？我人格分裂了？我在和自己对话？

“你很正常，刚才一直和你说话你听不见，但是你吃了那个药物之后，我说话你就可以听见了。”这个陌生男人说。

我没说话，我觉得可能是我人格分裂了，我看过电影、电视剧，包括某些小说，人的人格是会分裂的，分裂成两个人。我真的人格分裂了？

“你不是人格分裂了。”这个声音又说。

我没有说话，在大脑里骂道：“王八蛋，那你是谁？”

“你先冷静一下，我再告诉你我是谁。”

这个孙子能够知道我在想什么，我已经确定这是我的第二个人格了。

“我真的不是你的第二个人格。”

我大脑里用想法和他说：“行，我冷静一下，你再告诉我。”

我把刀放下，走到沙发那去，一口气喝完了杯子里的水，然后一屁股坐在沙发上，想：“好了，我没事了，请你告诉我，你是谁。”

这个陌生男人的声音沉默了一会儿，说：“我是李胜利。”

三　警察我从来没有放在眼里

我想着："李胜利，你还李鬼利啊！"一说这个我就有点害怕了，我好像没有杀过一个叫李胜利的人吧，不会是鬼附身吧？一想到这里，我身上鸡皮疙瘩落了一地。

这个叫李胜利的鬼人说："我可不是鬼。"

我想："那你怎么到我脑子里面来了？这个王八蛋，我脑子又不是窑子店，你想来就来啊。"

"我以前也到过别人的脑子里，不过以前不能和别人说话，而现在我就是你。"

我想："你怎么就是我？"难道这个家伙能感受到我的一切身体活动？那我以后玩小姑娘和打屁不是他都知道了，这个事情好像挺严重的。

"我除了不能代替你行动，你的身体一切感受都如同我自己的身体一样。"

我想："那你到底是谁？"

"我是一个被囚禁在一个不知道的地方、一片黑暗的地方的可怜人。"

我想："你是在阴间吧。"这个地方估计只有阴间才有。

"不是。我现在说什么你也不会明白，我费了很大的劲，终于让自己的思维逃出了那里，并找到了你。"

我想："凭什么你要找到我？"

"因为，你可能和我一样，身上有一个斑。"

我想："一个斑？什么斑？我身上疤子多了，都是斑。"

"在你的背上应该有一个斑。"

"靠！"我骂出了声，这个叫李胜利的鬼东西和我用大脑聊了两句，看来没有那么可怕，还比较客气，不过说话似乎不着边际，说的东西我根本听不明白是怎么回事。反正这个家伙现在就在我脑子里面，我觉得还是我精神分裂了，这个叫李胜利的是我的第二个人格。

"你就把我当成你的第二个人格吧，我的确是你的第二个人格。"

我想："你这个东西早说就是了，和我的脾气一样臭，打死也不承认，承认了也没有什么坏处。"

"好吧，我就是第二个你。"

我想："你就这样天天跟着我，你知道我想什么，而我不知道你想什么。"

"我说什么就是我在想什么。"

这句话真够深奥的，是不是本来就是思想之间的对话，也就没有什么不知道对方想什么了。仔细地感觉一下，的确这个叫李胜利的声音似乎就是我大脑里的另外一种想法而已，这样一想也觉得不是一个人在我脑袋里面说话，而都是我自己在和自己说话了。

我狠狠地把自己的腿揪了一下，疼，不是做梦。那个李胜利也马上说："疼！"

这个事情还真有意思，我突然觉得开心了起来，平白无故地多了另一个自己，这下不愁没有人和我说话了。

我十五岁开始闯荡江湖，现在也二十年了，什么稀奇古怪的事情都见过，如果不是鬼上身或者厉鬼讨命，还真没有什么能够让我害怕的，见的人多了，哪个不都人模狗样，肚子里面都是坏水？嘴巴上说的和自己想的不一样，真正心口合一的能有几个？不就是自己精神分裂成两个了吗，也没有什么大不了的，我还是我，南海商界老大成哥，还不是照样聪明绝顶。那个我的分裂人格叫李胜利不是，倒是我立即能够相信的人，他和我同一个身体，而且也不能隐瞒自己的想法，这比黑狗都可靠！我拿不定主意的时候，说不定还能和他商量一下！有趣啊有趣，没想到还让我遇到这么开心好玩的事情。

想到这里我不禁呵呵地笑了起来，也放松了下来，刚开始脑子里因为紧张还是一句句地想，现在则一下子和平时一样发散开了。

我想："那你在我这里待多久？你能待多久就是多久吧，反正我也觉得有趣。嗯，这种情况我可以看看书啊什么的，看看有不良后果什么的。"

"不知道待多久，我也不知道我能够待多久。也许他们发现了，我就会离开了。"

我想："他们是谁？我觉得你想得怎么没有我想得快呢？慢吞吞的。王八蛋，陈三他们再慢吞吞地收不回来钱，看我不把他老婆卖到泰国去。"

"他们是深井，也叫神山。"

我想："深井？干什么的，吃屎的？黑社会？搞秘密研究的？叫什么不好叫深井，还有什么深山、狗熊吗？哈哈，你看我合气公司的名字起得多好，南海市谁敢说不知道合气集团！那个叫老八的老板知道是我们抢了他的生意，急得都尿裤子了。"然后我还想了一大堆这个叫老八的东西尿裤子时候的样子。

"深井是一个很神秘和庞大的组织，你不要一下想这么多，我回答不了。我的思维和你联系着，但是很弱，只能像平时说话一样慢慢说。"

我想："还真够复杂的。行吧，你这个吃屎的东西慢慢说。狗东西要求还这么多，快点说吧，老爷哪有那么多时间听你絮絮叨叨地说评书，嗯，你是干什么的啊？神经？深井？”

“我原本是燕北的一个网络项目经理……”

“项目经理是啥？”我立即想着。

“项目经理就是做项目的。”

“盖房子那样的项目吧，我这里多得是，不过你刚才说的网络，就是什么互联网吧，这个东西我懂啊，你以前是不是做什么网站的，管人聊天的啊？”我想着，还不只想了这么多，反正一大堆乱七八糟的。

“我跟不上，不知道你要说什么了，说不了话了。”

“怎么就说不上话了，你说你的，我想我的啊，不冲突。”我想。

“不是这样。”

“那是怎么样？你该说就说啊，我又不会挡着你。”

“你自己想能够很快，但是我的想法传达给你我只能慢慢地说，你明白吗？”

“我不明白。什么意思，什么想啊说啊的，那个刘胖子说的相声也不错，嗯，哪天把他弄来我的剧院说一段。”

“我先不说了。”这个李胜利听起来好像很无奈。

“行吧，行吧，以后慢慢说。”我想着，管他呢，既来之则安之。我就当他是个陪我说话的人就是了。

于是这个叫李胜利的人半天都没有说话，但是我知道他知道我在想什么，包括我刚才一放松放了一个屁他都应该知道。唉，还真不是很习惯这样的大脑之间的对话。

我想："叫李胜利的，还在吗？"

"还在。"李胜利说。

"你没事就吱个声啊，你不说话了我也不知道你是不是跑掉了。"

"你这个狗东西也真够烦的，怎么跑到你这样的人身上来了。真倒霉，想走也走不了了。"这个李胜利说着。

我哈哈地笑起来，果然，他说的就是他想的，而他骂我，我感觉跟自己骂自己一样。如果是其他人敢说我是狗东西，我直接上去就切了他的舌头。

看来我们双方都不太习惯这种沟通方式，这个李胜利只能在我脑海里面以说话一样的速度和我交流，但是我却能够在一瞬间想很多东西，他既然能够知道我在想什么，自然会跟不上我思维的节奏来回答我，他又没有两个脑袋，一个说一个想，不只没有两个脑袋，唯一的一个脑袋也是我的。看来以后我要和他这样沟通，我必须想好一句我用嘴巴可以说出来的话，这样他才能知道我到底要他回答什么。想到这里我觉得我还是和小时候一样聪明，这么多年了，多么复杂的事情，在我这里都能够很快想明白。

李胜利猛地说了一句："没错。"然后又沉默了。

呵呵，这个李胜利难道也和我一样聪明吗？我看只是他知道了我的想法，觉得在理才说没错的吧。

我没有再理他，一抬头看到小梅正畏畏缩缩地站在客厅的门边上看着我，脸上挂满了泪水，看到我终于抬起头看她，一下子就跑过来趴在我的腿上，哭哭啼啼地说："成哥，我以前男朋友的确来找过我，但是我绝对没有和他有什么关系。请你相信我，我只是你的女人，我绝对不会让其他的男人碰我的。我以前男朋友他不懂事，求求你原谅他，他真的没有和我上过床。"

这个小梅倒把我逗乐了，我绝对没有针对她，只是问问她听到男人的声音没有，结果这个蠢材自己还吓得交代了我不知道的事，算了，算了，有这样一个傻妞也不错。她男朋友让刀疤他们去吓唬一下，找人轻轻打一顿，住两天医院就算扯平了。

于是我把小梅推开，让她继续去换衣服和化妆，自己也稍微收拾了一下。

过了一会儿，黑狗进来了，见到我就喊道："成哥，都约好了。田书记大概十二点半到。"

我点点头："好。你叫曾三少、刀疤、马五、狗眼、姚三、豆皮、阿黑、黄毛、辫子他们这些管事都把各自管的公司看紧了，有事立即通知我。还有，叫那些保安今天统统不要给我在外面惹事，谁惹事我剁了他的腿。"

我冲内屋喊了一声："小梅，好了没有？"

小梅立即答应了一声："马上，马上，两分钟。"

我转过头对黑狗说："排场你给我做足了没有？"

黑狗马上点头："没问题。成哥既然在鸣香楼 VIP888 请田书记，小弟们都知道要做足排场的。"

我点了点头，每次我要去鸣香楼 VIP888 请人吃饭，都必须把派头做足，比如请日本的山口株式会社的人，这些我想黑狗他们再蠢也应该知道。

小梅蹬蹬地快步跑了出来，这个丫头打扮一下，看上去的确是个比较罕见的美人，田书记每次见到小梅都口水直流。这个老色狼，想要我的小梅，他非要给我大大地吐几口血出来，否则门儿都没有。

小梅把我一搀，黑狗在前面引着，大家快步走出了别墅。别墅门口已经停了三辆奔驰、两辆宝马，一大堆穿着整齐的黑色西服的公司保安都恭恭敬敬地在车边等着。一看到我出来，马上都齐齐地鞠了一躬，喊道："成哥好。"我也没有搭理他们。曾三少和他的助理崩头也穿得整整齐齐地走过来，把第二辆奔驰的车门拉开，恭敬地做了一个请的手势。

我钻进车里，小梅也钻进来坐在我旁边。黑狗坐在副驾驶的位置上，崩头则负责开车。那个李胜利突然说："我还是第一次坐奔驰呢！"我知道这是这个人的真实想法，不禁对他想："你是个土老帽儿啊！"这个李胜利就又沉默了，看来他现在也不敢随便说话，老老实实当第二个我就行了。

我在 VIP888 坐下，只有黑狗跟进来站在我旁边，小梅则坐在我的左手。这是个规矩。

两个长得还不错的女服务员赶紧给我倒上茶，我则盯着茶水出神：这个田书记既然愿意来，估计是已经做好了心理准备，这个老东西别看天天笑眯眯的，论心计却比那个李局长厉害多了。他不会想不到我今天是想和他摊牌，那么今天他来，要么是拿了一百万这个事情就算拉倒，要么就是打算和我对着干，嘿嘿，他真的当我赵成是吃素的，说干掉就干掉？他应该知道把我逼急了的后果是什么，不仅仅是他自己性命难保，全家人都不会有好果子吃。

那个李胜利冒出一句："你打算杀了他？"

我回答他："对啊，你害怕了？"

李胜利回答我："我能找到你，那你和深井一定有关系，还是谨慎点吧。"

我回答他："难道这个事情和你说的深井有关系？"

李胜利回答我："说不定，我也不知道。"

我骂道："什么他妈的深井！就算是你说的深井，来到南海照样要他们横着出去。"

李胜利回答我："深井的深，我们根本无法估计。"

我骂出声来："靠！再深的井也是人挖的！"

李胜利说："不只是深井，还有一个神秘的第二通道。"

我骂出声来："还什么第二通道？！"

我这样一骂出声来，就知道自己有点失态。黑狗也只敢偷偷瞟了我一眼，那两个小女生也吓得脸色发白，小梅则更加惊恐地看着我，不过他们谁都没有敢说话。

我定了定神，对李胜利想："你别说了，给我安静一点。我让你说话的时候我会叫你。"

然后又盯着茶水发呆。黑狗的手机滴滴地响了起来，黑狗接起来，“嗯”了几声，低下头对我小声地说：“田书记和李局长一起，马上就到。”

“哦，李局长这狗腿子也跟过来了？”

黑狗一点头，手机又响了起来。黑狗接过来一听，眉头皱了两下，说：“知道了，我会告诉成哥。”

“什么事？”我问道。

黑狗还是低下头来，小声地在我耳边说：“这一带多了很多便衣。”

我嘿嘿笑了两下。心里也明白田书记和李局长这两个家伙不会笨蛋到以为我真是请他们吃饭的。

小梅很紧张地看了我一眼，低低地叫了我一声：“成哥。”我拍了拍她的大腿，说：“今天让你也长长见识。没事的。”

要说我不紧张，那是假的，我真的很紧张，这几年来都没有这么紧张过。我觉得田书记和李局长恐怕不是想打掉我，或者将我赶出南海这么简单，他们的背后似乎有更大的、我不知道的势力在干预这件事。那会是谁？我真正的大老板是国际商业集团亚太总部的总裁，是政府重点扶持的大型企业，是政府高层领导的座上宾，有着通天的面子。难道是他觉得我最近太嚣张了，要教训我一下？如果是他就糟糕了……

没过一会儿就听到外面传来一阵脚步声，似乎领着谁过来了。我连忙起身，迎向门口，果然，鸣香楼的老板领着田书记和李局长推门而入。我立即堆着一脸笑容迎上去，双手牢牢地握住了田书记的手："田书记，百忙之中，深感荣幸啊。"田书记笑哈哈地说："赵总的饭局，再怎么忙也是要来的。"我脑中就骂着："吃死你这个猪头！"尽管这样想着，但是笑容还是丝毫不减，马上招呼着田书记就座，专门安排小梅坐在田书记的旁边。田书记看到小梅今天打扮得这么漂亮，也是眼睛一亮，似乎口水直流。我心里骂道："老色狼，哪天非用个手腕让你摘野花摘到粪坑里去。"

田书记刚坐下，我就又忙着招呼李局长，也是热情地寒暄了一番，他坐在田书记的左侧。李局长一坐下，就打起了哈哈："赵总，今天我是不请自到，您不见怪吧！"

我马上十二万分热情地招呼着："哪里，哪里，请都请不到的贵人！生怕李局长工作繁忙，惊动了田书记已经是天大的罪过，哪敢罪上加罪啊。"田书记也笑了笑："赵总，今天是我拉着李局长过来的。想着好久没有见了，大家就一起热闹热闹。"

这场谈判和我预想的一样，田书记先开始还是客客气气的，但是很快就翻脸了，我也开始胡说八道，最后连我也忘了怎么就说了句老子就是第二通道的人，一下子就把田书记的脸憋成了猪肝色，好像吃了耗子药似的。田书记示威一样把桌子狠狠地拍了一下，一甩身子，对李局长喊道："走！"

李局长打量了我一眼，也赶忙起身和田书记一起出去了。我敲了敲桌子："请便！"

于是田书记像个神经病一样把门拉开，飞也似的离开了。外面一干脚步声也跟着走了。我愤愤地吐了一口口水："妈妈的，还带了不少人来。”

一会儿，黑狗和小梅进来了。黑狗进来就把枪掏出来：“成哥，找人干了他们吧！骑在我们脖子上拉屎，让他们尝尝我们的厉害。”

我吩咐黑狗：“走，先去紧急会议室。”

紧急会议室是我这个合气公司有大事发生的时候，秘密的会议场所。

一路上都有警察的车在后面跟踪，我知道我现在基本上已经被监视起来了，但是我现在必须忍耐，就算是有人对付我，我也必须知道是谁。我不会躲避，就算我这次败了，我就算死也要知道到底是谁在害我，不为什么，因为我是成哥，南海商界老大，我的性格就是如此。

尽管警察跟得很紧，但还不是我这个地头蛇的对手，黑狗简单地安排了一下，我们走过的路就被雇的流氓用车堵上了。

我找了一个地方，把小梅放下来，让她到以前住的地方等我。这个小梅哭得眼泪直流，真不知道是舍不得我，还是以为我不要她了。

其他时间，我一直在和李胜利通话，我慢慢地控制住自己的思维速度，仔细地听李胜利给我讲述了一个足够让我这样算是见过世面的人也想不透的故事，看来这个李胜利不只是我的分身，还是一个能够救我的人。如果他说的事情是真的，恐怕我已经像他所说的，掉进了一个我从来也没有想象过的世界里，这个世界是由巨大的谜构成的，那个神秘而巨大的深井组织，加上和深井对抗的C大队、B大队，我似乎掉入了他们争斗的旋涡中。只是，我现在还不知道我到底为什么会陷入这里面来。

我相信李胜利说的绝对不是耸人听闻的鬼话，而是确有其事！那么，我现在能做的就是尽快准备好，逃出可能已经布下天罗地网的南海市，不管是深井、C 大队还是其他的什么组织，我只要在南海市多待一天，可能就会陷入万劫不复的境地。

车在一个二层的小楼房拐角停了下来，我和黑狗、崩头以及后面紧跟着我的其他人快步地走入这个楼房，消失在地下室的黑暗中。

四　一个古怪的专员

晚上九点左右，我能够在紧急会议室的大厅里面清晰地听到外面密集的警笛声，我自己坐在紧急会议室的大厅椅子上，屋里一个人都没有。

我只是淡淡地笑了一下。我并没有想着要逃走，尽管所有的部下都建议我要么立即离开这里，要么就是和他们拼了。黑狗的反应尤为激烈，眼睛瞪得通红，连我都觉得他有些可怕。

但是我还是决定自己留下来，并且把他们都赶走了。我这个人一直过着刀锋上舔血的日子，这几年坐上了南海商界老大的位置，倒觉得全身都不自在了。我喜欢生活在边缘的境界，这样足够的刺激，这次无缘无故地冒出个李胜利，然后本来关系挺好的政府衙门又撕破脸皮来调查我的案件，这一切似乎都意味着我又回到了一种边缘的状态。我的血液又像好几年前打拼南海的时候那样贲张了起来。我必须知道这到底怎么回事，必须知道他们是谁，哪怕付出我的生命，这才是我赵成存在的价值。

逃走？那是胆小鬼和不敢面对的人才做的事，何况我的公司在南海并不只是一个会变着花样捞钱的小公司，我还有更体面的事情可以做……抓到我赵成容易，想捆住我赵成，哼哼，难上加难！

一阵凌乱的脚步声靠近了门边，外面几个人胡乱嚷嚷了两句什么你已经被包围了，停止反抗，举手投降这样的话。然后门被踢开了，一群特警冲进来拿枪指着我。

我笑了笑，把手高高地举过头顶，然后慢慢地站起来，平平淡淡地说："我就是赵成，我没有武器。这里没有其他人。"

很快我被几个警察还算客气地押着走出了堂口，他们只敢给我戴上手铐，我是谁大家都清楚，料他们也不敢现在就动我一根汗毛。

我被两个彪形大汉挤在后座，前排就上来一个人，是李局长。李局长上来就和我说："赵成，你没有逃走，我不得不佩服你的勇气。得罪了。"

我当然是被关到市局的天字一号牢房，可笑的是，这个牢房我还给李局长出过主意，如何才能真正地做到没有漏洞可以钻，是个绝对的牢房，并且是我的建筑公司盖的。现在我就坐在我自己设计的牢房里面。

我在等待，等待一些我希望到来的人，我必须看到这些人到底是谁。

大概十二点的时候，我被两个全副武装的警察叫出来，坐在审讯室里面。一会儿工夫，李局长带着两个陌生人进来了。

我仔细地打量了一下这两个人，都是穿着便衣，身材并不高大，但是看起来非常的结实，而且长相也是相当的普通，如果在平时看到他们，最多会认为他们是街头开小卖部的老板。

其中一个头发很短，但是头发偏分的人看上去是这两个人的头，他向李局长笑眯眯地示意了一下，李局长则乖乖地招呼那两个警察退出了房间，于是只留下我们三个人。

这个偏分头坐在我的对面，笑眯眯地看着我，我的眼神则定在他们两个身上，来回地打量。

偏分头说："果然是成哥，这个时候还这么镇定。"我笑了笑："老兄是否是专案组的？"偏分头说："哦，成哥眼界真好。不过，我们不属于任何部门，我们属于一个大型商业调查公司，不过经常接受一些政府委托的商业调查。"我哈哈哈笑了："还是专案组的嘛，两位大员，来我们南海就是为了我吗？我赵成真是三生有幸，居然能够得到这么高的待遇。"偏分头也笑了笑："成哥很想知道我们到底是谁吧？"我说："这位兄弟说得很对，我让你们抓住，就是想知道你们到底是谁。""如果我说我们并不是你的敌人，而是你的朋友呢？""哦？怎么讲？"我心中纳闷，这句话我真是没有想到。

“有时候你觉得自己倒霉透了，其实这只是你新生活的开始。”偏分头还是笑盈盈地说。

“什么叫新生活？呵呵。”我笑道。

“不要误会，绝对不是你想象的那样。”

“你们不问我案子的情况，说些我听不懂的。”

“我们的确不关心你的案子，我们只是想让你离开南海。”

“哦？”我心中的疑惑越来越盛，这些人的目的似乎不是让我离开南海这么简单，有什么不能好好说的，非要把我逼出南海？

“我们也没有想到，你在南海能坐得这么稳，等了这么久，才终于找到一个让你离开南海、抛弃现在的一切的时机。”偏分头继续说着。

“我抛弃这一切，离开南海难道对我有什么好处？”

“新生活，我只能告诉你你将有新生活。以后你就慢慢知道了。”偏分头说。

“你可能也知道我赵成的性格，我最不喜欢别人给我打哑谜。”

“呵呵，以后，对你来说这都不是谜。”

“那你们要我怎么做？”

“就按你安排的计划，逃走！”偏分头还是笑着说。

这个偏分头！！我真是有点对他肃然起敬，他怎么会知道我会想办法逃走？

我没有什么表情地看着他，说：“逃走？我什么时候说我要逃走了？这里很好，我不会离开这里一步。”

“呵呵，你必须离开。跟我们来吧。”偏分头说。

然后，另外一个一直没有说话的人过来，把我的脚镣解开，也是很客气地说：“成哥，我们立即转移吧。让你的部下好搭救你。”

我也没有必要这个时候和他们反抗什么，的确，我安排好了，只要我从警察局出来，黑狗他们就必须不惜一切代价地搭救我。既然他们什么都不肯说，那我就看看他们要把我怎么转移吧。

我跟着他们走出了天字一号牢房，马上有两个警察跟过来，我们一起走出了警察局。看到李局长也在院子里面等着，然后我被偏分头请上一辆车。那个不说话的人开车，偏分头则坐在我旁边。这辆车也没有管后面的人，径直就开出了警察局。

在车上，偏分头说：“成哥，请相信我们，我们是你的朋友，你能按照我们说的去做吗？”我说：“你们说吧。”

偏分头说：“我叫陈十八飞，可能这个名字有点奇怪，但是我们以后一定会见面的。”然后，偏分头从怀中掏出一个信封，递给我，并顺便解开了我的手铐说：“这信封中是一张机票和一些你的行程说明，我们希望你能够按照我们的行程来离开南海，最后用信封中说明的办法来再次和我们联系。”

我什么都没有回答就把信封装在身上，然后才问：“我为什么要相信你们？”

偏分头说：“你逃脱了，你将成为全国通缉的人物，你不相信我们，难道还要去相信通缉你的警察吗？”

我哈哈一笑：“看来你们的确不是警察。”

偏分头说："我们现在就要把你转移，因为还有别人盯上了你。"

"怎么？"

"请按信封里的指示去做。别的我就不能多说了。"

"哦！"我抬头看了看车窗外，外面一片漆黑，马路上一辆车都没有。我把头抱住，然后对偏分头说："你最好也像我一样。"

偏分头笑了笑，也把头抱着。

很快，车被一辆卡车剧烈地撞击上了。而且这辆卡车并没有停止，一直推着我们这辆车，而这辆车也听话地顺着卡车撞击的劲道，撞在路边的隔离带上，停了下来。

就听到黑狗咆哮着："谁动打死谁！"

一切可能顺利得无法让黑狗想象，我就这样被"解救"了出来，并迅速地乘上早就准备在公路下边的小路上的汽车，一溜烟地消失在黑夜中。

而身后，警笛声响彻了半边天。

五 去燕北（一）

车黑着灯在乡间的道路上疾驰着，黑狗坐在我旁边，还是在紧张地前后张望着。

我怀中的信封烫得厉害，我问李胜利："还在吗？怎么不说话？"

李胜利回答我："还在。我真的很佩服你。你做的这些我想都不敢想。"

我说："你一直没有说话。"

李胜利说："不敢说话，他们是深井的人。"

我问："你怎么知道？"

李胜利说："一看到他们，我就知道他们是深井的人，而且应该是深井3局的人。"

我问："为什么？"

李胜利回答："因为3局的人都有些置身事外的模样，好像天下没有什么值得他们紧张的。"

我问："你说你就是被3局的人抓住，而被困在一个你不知道的地方是吧？"

李胜利回答："是的。很恐怖，我也不知道我能在你这里待多久，也许很快会被他们发现的。"

我正想继续问下去，黑狗则在我耳边嚷了起来："成哥，我们到了！"

我抬起头，这是一个我从来没有到过的小村庄的边缘，我们的车停在一个破烂不堪的屋子边上的泥地里，小屋子里黑黢黢的。

我问黑狗："那个卖车的老白可靠吗？"

黑狗说："很可靠，绝对不是出卖兄弟的人。我用人头保证。"

我说："有没有多给他一点，谢谢他帮忙？"

黑狗说："十万的车，我给了他二十万。"

很快就看到前方的山沟里面停着一辆黑色的桑塔纳。

我们走近那辆车，车门就打开了，一个秃头钻了出来，毕恭毕敬地向我鞠了一躬，小声地喊道："成哥。"我也认识这个老白，南海旁边的镇子里面专门卖黑车的，没想到他这个时候还这么仗义。我上去搀了他一下，很诚恳地说："老白，谢了。"这个老白激动地眼睛发红："成哥，你这么多年一直照顾我和我老婆孩子，我这条命本来就是成哥给的。你谢谢我，我根本受不了。成哥，你一定要再回来啊。"

我也有些眼睛发红，这个时候我还真是有点感动，我使劲地拍了拍老白的肩膀："老白，我一定会回来的。"

黑狗也默默地拍了拍老白，坐上了车的驾驶座，老白说："成哥，你快走吧。往西走从南洼那里上国道，就不是南海境内了。"

我点了点头，也上了车。这辆黑色的桑塔纳发动起来，向西奔去。

途中李胜利问我："你要去燕北吗？"

我说："是的。我想去找我干爹，我相信只有他能够保护我。"

李胜利说："你为什么不看看那个信封？"

我说："我会看的，我从来不相信会有人莫名其妙地保护我，给我指明方向，如果我按照别人的指示来行事，只可能被别人牢牢地控制，相信别人不如相信自己，我混了二十年江湖了，这个我比谁都清楚。"

李胜利又沉默了。

一直到天色发白，我们才停下来稍微休息了一下。

李胜利说："你并不是坏人。"我也回答他："世界上本来就没有绝对的坏人。我有我自己生存的方式。"李胜利说："看看信封里面说什么吧。"

我把信封掏出来，撕开，黑狗斜着眼睛看了看，我笑笑说："这是锦囊妙计。"信封里面果然有一张机票，我看了看，居然是闽州直飞燕北的明天上午第一个航班。我笑了笑，这个叫什么陈十八飞的，真够搞笑的，我能跑到闽州机场坐飞机吗？半路上不被抓起来才怪。难道他还能给我念咒让我隐身了不成？机票下面是一张被剪成长条的地图，我不知道这里是哪里，仔细地看了看，李胜利就说道：“这是燕北平安大道后海那里。”

我才想起来李胜利跟我说过他是燕北人。我谢了他一声，又仔细地端详那个地图，的确是一个小湖泊，但是怎么在湖泊的中心画了一个红色的小圆圈？什么意思，这是在水里面有什么东西吗？我问李胜利：“这里是湖中心吗？”李胜利回答：“的确是湖中心，画个圈是什么意思？”看来李胜利也不知道，不会是让我在这里投湖自尽吧，这帮鬼人也真够古怪的。

地图之后是一张写了字的纸，上面写着：“赵雅君，我们是你的朋友，请你按照我们说的去做，这样才是最安全的。到闽州机场以后，在16号台换机票，然后跟16号台的小姐走，她会带你上飞机。你在飞机上不要和任何人说话，到燕北之后尽快地离开，从C出口出来，有辆牌照是燕BC89XX的黑色出租车停在那里，你上车以后就安全了。不过，请你一个人前来，不要带任何人一起来燕北。如果你不愿意按照这张纸上说的做，也请你务必到燕北来，然后按照地图上指示的方位在任何一天的夜晚十二点左右到达。请记住，如果你不按照我们告诉你的方式来燕北，你在路上会有朋友，也可能有敌人，你的朋友会主动出示给你一个最下方图标的标志，否则都是你的敌人。你的朋友将在暗中保护你，但是保护并不是无时无刻的，请你自己多保重。”在这张纸的最下角，有一个红色的画得如同山字一样的标志。

李胜利说：“神山？这应该是神山，就是深井。”我回答他：“深井在保护我？要我按照他们的要求做？你不觉得他们有什么阴谋吗？”李胜利说：“我不知道，对我来说深井是一个恐怖的组织。”我回答：“因为你被深井追杀过吧。这可真是一件有趣的事情，他们保护我，却追杀你。”

黑狗在旁边突然说：“成哥，是什么？”

我把这几张纸塞回去，对黑狗说：“你相信有人保护我吗？而且让我明天赶到闽州机场坐飞机到燕北去？”

黑狗说：“成哥，我相信你吉人天相，一定有人会保护你的。我觉得不如一试。”

我笑了一下：“黑狗，你怎么知道我说的是真的？”

黑狗一慌：“成哥，你说什么我都相信的。我觉得如果有机会为什么不尝试一下，我们这样走下去会很危险的。”

我过去拍了拍黑狗的肩膀：“黑狗，什么都不要相信，相信我们自己吧！”

黑狗重重地点了点头，再没有说话。

黑狗很少有自己的想法，可能是在这种危急的关头，他也终于表示出了自己的想法吧。

六 去燕北（二）

对于黑狗，我给予他足够的信任，哪怕他就是那个李胜利所说的深井的人又如何？如果深井组织里面真的都是黑狗这样的人，我倒很愿意和他们交个朋友。但是前提条件是绝对不能控制我的行为，那个李胜利也太惨了。

李胜利说了一句："你和我对于深井来说应该是不一样的。"

我笑了笑，如果那个专案组的专员以及这个信封中的事情，都是深井安排好的，那么，想让我离开南海市也很可能是深井策划的，他们为什么要逼着我离开南海，还要我到燕北去？这一切还都是谜。

黑狗再没有说话，甚至都没有敢打量我一眼，只是小心而默默地继续开着他的车。颠簸了一个多小时后，终于从南洼县的一条小路走上了国道。本来我准备了无数种万一有警察盘查车辆我的应对措施，但是从上了国道以后，似乎南海都没有发生过我这样的犯人持枪劫狱的事件，一路上风平浪静。

在看到通向闽州的指示标牌时，我还是有些心动，是不是应该真的听信封里所说的，到闽州机场去？但是这只是非常短暂的迟疑，后来还是坚定地望着前方，远离了闽州。

我并没有让黑狗亡命地开车，而是该吃的时候就下来吃，该休息的时候就休息。而且吃一定都是吃最大最好的饭店，晚上十点多的时候，到了一个城市，入住当地最高档的酒店。

我能感觉到李胜利似乎对我这样大摇大摆的逃亡感到很吃惊，我多次调侃他问他怎么了，有什么意见，他都只是哼哼两下，并不表态。这个李胜利，聪明是够聪明的，但是混江湖，看来他还嫩得很呢。

特别要提一下我的那张一号卡，是工商银行的，这张卡里面有八百万现金，而且所有的身份都是很保密的，完全是一张和我一点关系都没有的银行卡。为了办这张卡、断绝这张卡和我一切的关系，我还真是动了不少的脑筋，我敢相信天王老子都不知道这张卡真正的所有人就是我赵成。

我还有两个“假”的身份证，其实是真的，模样的确是我的样子，而且所有的年龄、姓名、地址都是真的，但是两个身份证上的人都是世界上本来就不存在的人，我不知道世界上有多少这样的身份证，但是我就有两张，黑狗也有一张，我的每个主要的下属都有一张。在南海坐稳的这几年，我并没有完完全全地踏实下来，精心地做这些准备，都是为了不时之需，现在，我觉得我的忧患意识的确起到作用了。

我在酒店里面还和黑狗美美地洗了个桑拿，找了几个妹妹彻底地给我们按摩放松了一下，但是我从来不和这些女人发生什么关系。然后好好地睡了一觉，第二天早上六点，就退了房间出发了。

还是一路顺利地到了下一个城市，晚上还是找了个五星级的酒店住下。第二天一大早，就和黑狗找了个卖车的地方，让黑狗多花了七万把店里店长开的给用户试车的奥迪 A4 买了过来，然后分别开着，把那辆桑塔纳丢在一个酒店的停车场。这个店长因为多拿了七万，打死估计也不会说自己卖过一辆什么车给了什么人，钱有时候堵嘴是最管用的，谁都不愿意把叼进嘴里的大把钞票吐出来，而且屁颠屁颠地两三个小时就把一切手续办好了。

李胜利就不断地发感慨：“有钱就是管用。我都是当乞丐。”我哈哈大笑，黑狗就会吃惊地看着我，我挥挥手表示没事，就是胡开心。

中午最后在这个城市吃了个饭，就动身去中州。车开得很快，六点不到就到了中州。

我还是去住最好的酒店，但是在从酒店出来时就觉得有点不对劲，好像被人盯上了。屈指算来，我离开南海应该是第三天了，警察再蠢，该办的事情他们肯定还是要办的。但是我觉得盯着我的人并不像是警察，那种感觉不一样，我无数次地被警察盯上过，和现在的感觉完全不一样。李胜利问我："你觉得会是谁？"我回答他："这种感觉从来没有过，只是有眼神不断地扫你一下，不好判断是否对我有威胁。也许是你说的深井，不过又不像……"

我很小心仔细地感觉到底是什么人在盯着我，但是盯着我的人应该是个非常厉害的老手，我根本无法发现到底是什么人。这个人也应该发现我注意到了他，但是他还是持续不断地盯着我，让我觉得背心有些发凉，而且，我感觉到这个眼神开始越来越对我有威胁性。

我表面上还是非常镇静，像什么都没有发生一样，而且不能让黑狗察觉到我发现了什么，我担心他一旦紧张起来，很可能立即会引起更多人的注意。

但是吃完饭后，回到酒店，这个盯着我的眼神突然间消失得无影无踪了。我并不认为这是个好事情，反而觉得大事不妙。我小声地叮嘱黑狗，立即退房，然后离开这里。黑狗也立即警觉了起来。

七　去燕北（三）

是祸躲不过，我们再次开车行驶在路上时，就发现有人跟踪，而且很难甩脱。最后只好不得已把车开下主路，到处乱钻，然后把车丢了，这才摆脱了对方的跟踪，我和黑狗找了个地方躲到天黑，才向一个村庄走去。

快接近村庄的时候，我和黑狗终于从田里出来，走上舒服点的土路。没走多远，就听到有人在前面低低地叫我："赵成，赵成……"我吓得全身汗毛乱竖。下意识地去摸枪，黑狗也同时在摸枪。那个声音还是低低地小声喊着："我是你的朋友！相信我，我只有一个人。"

我和黑狗往前摸索着走出几步，说：“你出来。”一个瘦小的黑影就从路边跳了出来，马上手中就亮起了一个标志，是信封中画的那个红色的山，然后就灭掉了。我稍微松了一口气，至少这个人对我目前是没有恶意的。

那个人靠过来，黑夜中他的眼睛亮亮的，他说：“我叫陆六城。你的朋友，请跟我来。”然后就示意我们跟着他走。黑狗打量了我一眼，我略一迟疑，还是跟上他，但是我狠狠地说：“你敢耍花样，我一枪崩掉你的头！”

李胜利说：“他应该是深井。”

我立即回复他：“你怎么知道他是深井？就亮了一下那个标志？你太嫩了，万一他不是深井，只有那个标志，而且他那个标志是真是假都不知道！”

李胜利又不说话了，我大脑里骂了这个家伙半天蠢货，怪不得他只能当乞丐，被C大队当小白鼠，就是这个李胜利一点主见和判断都没有，见根毫毛以为是救命稻草，最后被人耍得半死不活，还跑到我这里来骚扰我。

然后我又向他道了个歉，最近心情的确相当的不好，今天又碰到这个事情，杯弓蛇影，李胜利你也不要见怪，该给我出主意还是给我出主意。

李胜利的确是我的一个向导，因为他接触过这些人和事，他是我的另一只眼睛，能看到和感觉到我想象不到的东西。没有了他我还真是会一下子不知所措的。

我还是保持高度的警惕跟着前面这个叫陆六城的小个子，默默跟着他走出一段距离后，我问他："你如果是我的朋友，应该知道一直跟踪我们的那些人是谁？"

陆六城头都没有回，说："他们是C大队，专门调查神秘事件的，这两年一直盯着我们。"

我问："那你们到底是谁？"

陆六城说："C大队叫我们深井，呵呵，你就暂时也叫我们深井吧。我们真正的名字你以后就知道了。"

我觉得这个小子好像根本不会故意隐瞒什么，赶紧接着问："那你为什么要保护我？"

陆六城顿了顿："嗯，这个，我级别太低了，我也不知道为什么要保护你。"

我知道他可能没有说假话，于是又问："你们就是这样保护我的？刚才我被那个C大队追得像个孙子！"

陆六城说："啊，真抱歉，C大队也很厉害的，在中州的时候你被我们保护应该被他们发现了，所以盯上你了。"

我又问："他们不是因为第二通道的事情找上我？"

陆六城似乎很高兴地说："怪不得要保护你呢，你居然知道第二通道的事情。"

我一时语塞，什么第二通道，我是狗屁都不清楚，只好硬撑着说："你不知道吗？"

陆六城说："我肯定不知道。"

我逗他："想知道吗？我告诉你。"

陆六城说："告诉我也没有用，我不知道的，你告诉我我也记不住。"

这个人还真有点古怪，什么叫我不知道的，你告诉我我也记不住。我说了他不就记住了，还有什么记不记得住。不会是个机器人吧，按程序做事？

我又问他："你怎么知道我在这里，而且你能在这里等着我？"

陆六城说："主脑安排的。"

这些深井的人好像都是些傻子，真的可以说是知之为知之，不知为不知。李胜利在我脑中说："好像深井 3 局的人都是这样，没有什么不敢说的，但是好像都是听主脑的安排。"

我回答李胜利："主脑？万一是个猪脑怎么办？"

李胜利又不说话了，因为我满脑子都是猪吃食时的样子。

陆六城带着我们绕来绕去，总算说："你们骑这辆摩托车向北。沿着好走的路一直走，两个多小时就能到新乡市。"然后又递给我一个信封，"你按照这个信封中所说的做，你就能安全地到燕北。"我接过来，又是一个一样的白色信封，这帮人也真够神秘的，直接和我说了不就行了，还非要像锦囊妙计一样给我一个文件才放心。

我接过来，再也不想搭理这个叫陆六城的傻子，黑狗发动摩托车，我坐在后面，一溜烟地开了出去。这个时候，天已经蒙蒙亮了，我们骑行在路上，很多早起的农民已经将拖拉机停在路边往车上搬蔬菜和一些乱七八糟的东西。我趁着天色发亮，把陆六城给我的信封掏出来，把里面的东西拿出来，是一张房卡，上面写着新龙大酒店 904 房，卡上有详细的地址。另外有一张纸，同样写了不少字，我卖力地读了一遍。上面写着："赵雅君你好，我们是你的朋友。你到了新乡市以后，请立即入驻房卡上的酒店，那里很安全。然后请让黑狗在酒店旁边的金辰手机专卖店找老板随便买一个手机，然后挑选一张手机卡，请要老板推荐给你的 136211059XX 号码。然后你在 904 房间给 135013917XX 打个电话。电话里的人会告诉你该怎么做。请你一定要按我们说的做。"最后的落款上，还是那个红色的山字形。

我读完把信放回信封，到底应不应该试着相信他们一次？看这封信的内容，安排得很详细，仿佛是在保证我的行踪不让别人知道。如果说深井是在保护我，他们应该有人知道我的行踪，而且应该是有人在暗中保护我。但是这种行为，就如同陆六城说的可能会被 C 大队发现，然后 C 大队就可以顺藤摸瓜发现深井保护的人原来是我。加上我持枪劫狱逃离南海，又和田书记说了什么第二通道。C 大队再蠢也会发现我应该是一个非常有价值的人，把我抓活的就好像把李胜利抓活的一样有价值。

李胜利开始说："我很矛盾，不知道到底应该相信谁。"

我回答他："谁都别相信，不过能利用的地方要利用，一旦觉得不妙就跑路。这次我按照他们信上说的做。至少我现在开始对深井要做的事情很好奇。"

李胜利说："我害怕深井是想把你控制住，万一你也变成和我一样就糟糕了。”

我回答：“如果深井要这么做，叫刚才的陆六城把我弄昏，坐上你说的那个太岁不就得了，何必还这么麻烦？”

李胜利说：“恐怕深井和C大队、B大队斗争得很厉害，什么事情都不是我接触的那么简单了。所以，深井也很谨慎。”

听了李胜利的一些话，我觉得他这个人还是相当聪明的，对一些局势分析得很对，非常有逻辑，除了有时候社会经验不足，显得很不老练以外，对一些问题的把握我还是真的非常需要他的意见。

我又把信封掏出来，把房卡拿出来，对黑狗说：“到新乡市的新龙大酒店，地址是……”

新乡市新龙大酒店904房间，黑狗微微喘着气，走进房间。我已经洗完了澡，并换上了在酒店里直接买的新的衣服和鞋子，黑狗也换了一身干净的衣服。

黑狗把手机掏出来递给我，说：“和你说的一样，老板推荐了你说的号码。现在已经可以打了。”我把手机接过来，把信封也掏出来，按照信中说的电话号码拨了过去。

电话那头先是传来一阵刺耳的啸叫声，才通了。响了三下之后，传来一个很清脆的女子的声音：“赵雅君你好，我们是你的朋友，我叫李五影。”

我没有想到是一个女子接的电话，呆了一下，然后说：“我就是。”

那女子说：“现在，请你从904房间窗口往外看，你能看到在你右手边有一个房顶是尖尖的，红色的十几层高的楼房。”

我走近窗口，果然如她所说，那栋楼房在离我们大概二百米的地方。

我说：“我看到了。”

那女子说：“请你中午十二点的时候，自己来这栋楼房的十层 1006 房间。我们将保护你尽快地到燕北。”

我说：“为什么我自己来？”

那女子说：“因为你只能自己来燕北。”

我说：“哦？难道飞着去吗？为什么我兄弟不能去？”

那女子说：“这个我就不知道了。”

我说：“那我怎么认出你是谁？”

那女子说：“你的房卡能够将 1006 的房门打开，我就在房间里，我会给你出示一个信封中你看到的红色标志，在我手掌中印着，会发出红色的光芒。”

我说：“万一你是假的呢？”

那女子说：“除非你认为我是假的。请相信我们，中午十二点，到 1006 来。”

我说：“我不来呢？”

那女子说：“我会等你到十二点半。如果你不来，请到前台找一位张小姐，说 908 房间的客人想吃蛋糕。”

我说：“哦？你们还有准备？”

那女子说：“对不起，我们说话的时间似乎太长了，中午十二点，

1006。”

然后那女子就挂断了电话。

我看了看黑狗，黑狗说：“成哥，你不用管我。”

李胜利也说：“你好像犹豫了？”

我回答：“我有点疑惑，这只是一种直觉，我觉得刚才的通话我好像曾经经历过。”

李胜利说：“我也有这种感觉，你在打完电话以后好像有另一种思维。”

我回答：“你也感觉到了？我以前也有过这种感觉，不过这次特别强烈。是否是不好的预感？”

李胜利说：“可能你需要安静一下。”

我招呼黑狗：“睡一会儿吧。十一点半你叫醒我。”然后就沉沉地睡去，直到黑狗把我叫醒。

黑狗和我一起从酒店出来走向那栋红色尖顶的房子，这也是一个酒店，不过比我住的新龙大酒店档次差了一点。我让黑狗在大厅等我，然后我自己坐电梯到了十层，走向 1006 房间。我的心跳得很厉害，黑狗不在我的身边，我真的有些紧张起来，也许我打开门，是一大堆枪指着我的鼻子或者砰的一下被炸得稀巴烂。李胜利说：“我在。”我点了点头，这个时候李胜利的确是我最好的、最值得托付的朋友。

我站在 1006 房间的门口，吸了两口气，抬起手腕看了看黑狗刚给我的手表，时针已经非常准确地指向了十二点。我掏出门卡，缓缓地插了进去，滴的一声，房卡通过了。

我把把手旋转了一下，门开了，我推门走了进去。

这应该是一个很大的房间，我只能看到一个很大的客厅，并不能直接看到房间的全貌。我走进去，并没有任何人的声音，我把门轻轻地关上，这种安静让我觉得可怕，我又感觉到这些事情我好像经历过，这种感觉非常的古怪，一段一段的从我走进这个酒店的大门开始，就觉得好像经历过，但总是在即将想到下一步要发生什么的时候，就中断了。

我慢慢而稳定地走向客厅，客厅还是一个人都没有。然后我走向卧室，一进门就看到一个长头发穿着灰色职业装的女人背对着我坐在床的边上。

我没有说话，这个女人说："你来了。很准时。"然后慢慢地转过身来……

八　去燕北（四）

这个女人长得非常清秀，而且我相信是我见过的女人中相当漂亮的。她转过身对我笑了笑，倒消除了我的一部分戒心，面对漂亮的女人，男人很少能够立即警惕起来的。而且，这个女人看上去没有一点尘世的那种风尘，仿佛是仙女，我这样形容这个女人，因为我见的女人太多，她真的很特殊。

她如同陆六城一样举起左手，她左手中心有一个红色的山字形。然后她把手收回来，说："看清了吗？"我点点头。

那女人说："请坐下。"我耸耸肩，坐在床的一个角上。

那女人接着说："你能准时来，我们很高兴。你能配合我做一些事情吗？"

我说："我不陪陌生女人上床。"

那女人笑了笑："不用，你马上就能到燕北，但是请你靠我近一点。"

我说："靠太近会有问题。"

那女人笑了笑："请相信我们。"

我说："好吧，好吧，我靠近你一点！"然后站起来，坐在她的身边。

她身上非常的香，一靠近就闻到了淡淡的清香。

我居然就有点迷糊了起来，越来越迷糊，突然眼前就一黑。

我听到李胜利在我脑中大声地喊着我的名字，我缓缓地睁开眼睛，但还是一片模糊，身体如同棉花一样软软地躺在床上。李胜利还是不断地叫着我，然后开始传达一些信息给我。看来这个时候李胜利应该代替了我的地位，正在使劲地让我清醒过来，并且将外界的信息传达给我。

李胜利的声音在说话，他好像在复述给我外面的信息，应该是对话。

"很不容易呢。这个小子很狡猾。"

"深井对他保护得很好，所有的信息都被掐断了。"

"新的技术很管用，能在最后极限的时候，掌握到中午十二点1006这个信息。"

"已经足够了。"

“那女人呢？”

“和其他的人一样，死于心肌梗死。”

“所有的人都到了吗？”

“还有两组人正在赶来。”

“这次你做得很好。”

“谢谢 B3。”

“你再看一下他的状态。”

然后我的眼睛被翻开了，这也是李胜利告诉我的，我什么东西都看不清楚，自我的意识根本是一片模糊，然后李胜利用我和他接触以来最大的声音喊道：“士大夫！”

然后李胜利继续告诉我对话一样的信息。

“瞳孔放大了，没有生理反应，已经是无意识状态。”

“好，尽快转移出去。深井应该很快就会有所反应。”

“这个叫赵成的应该就是王太岁的载体吧。”

“可能性极大。”

然后李胜利继续告诉我，我被另外几个人架了起来，并塞到一个箱子里面，有人提着这个箱子下楼了。我这种状态很奇怪，自己好像并没有什么思维的能力，而是李胜利用我身体的感觉来告诉我发生了什么事情，我思维和感觉变得非常的迟钝。

李胜利继续告诉我，我被装在一个很软的箱子里面，被提下了楼，然后丢在一辆汽车的后座上面。汽车发动了，好像有很多辆汽车，然后飞驰而去。

汽车开出去一会儿，似乎是行驶出了市区，身边只偶尔传出一些喇叭声。

又过了一会儿，我这辆车剧烈地震动了起来，几乎要倾斜，李胜利告诉我外面有人喊道："太岁在攻击我们。"喊了没有几声，整个车就被震得翻滚了起来，在几次剧烈的撞击后停了下来。然后我被提了出来，跑出几步就被丢在地上，然后是猛烈的枪击声，并伴随着一些惨叫声。

过了一会儿，声音停止下来，我又被提起来，丢在另外一个软乎乎的地方，应该还是辆汽车，然后汽车快速地启动了，装着我的箱子也被打开了。

有个人把我的眼睛扒开，李胜利说是陌生人，穿着灰色的制服，应该是深井的人。然后他们给我注射了一针……

我的神志慢慢地清醒了过来，眼前的事物也逐渐地清晰。我现在坐在一辆正在高速奔驰的面包车里面，旁边围着几个人，都是陌生的脸庞，但是和我以前看到的深井的人不太一样。这些人面无表情、目光阴沉，看得出似乎都接受过专业的训练，绝对不是泛泛之辈。

这些人看我醒了，一个人问我："赵成，你是否清醒了？"

我点了点头，挣扎着坐直身子，仍然感到肌肉酸痛，全身使不出什么力气。

我既然已经这样，也一下子不好问太多，只是问："我的那个朋友叫黑狗的，怎么样了？"

其中一个人毫无表情地说："他活着，在另一辆车里面。应该也清醒了。"

我回头看了看，果然后面还有一辆白色的面包车跟着我们。

我说："有这个必要吗？还要把我们两个隔离开。"

一个人同样冷冷地说："我们的任务是保护你去燕北，而不是他。"

我笑了笑，也不客气："那你的意思是我们就见不到了？"

那个人冷冷地说："你们永远都不会见面了。"

这帮王八蛋，保护我应该是真的，但是方式和方法完全与以前见到的那些深井不一样，这些人足够的冷酷，根本不给你任何周旋的余地。李胜利说："深井好像是分成好几个局，每个局的办事风格不太一样。以前追杀我的就应该是他们这个局的人。"我回答他："到底深井有多少个局？"李胜利说："我知道的只有 3 局和 5 局，5 局好像是专门执行杀人、监控、追踪任务的，3 局有点莫名其妙，完全格格不入。"我回答他："这些人也真够可以的！哪天落在我手里，非把他们都咔嚓了！"

我嬉皮笑脸地问这几个人："几位大哥，我怎么到燕北？"

"很快你就知道了。"这些人还是冷冷地说。

"那就只好麻烦你们了，我这样东躲西藏的也真不是办法。"

"嗯。"

"几位大哥能不能告诉我，我到燕北做什么？"

"不能。"

"那，麻烦几位大哥了。你们要我怎么做，尽管吩咐。"

李胜利说："你打算逃跑？"

我回答他："先当他们孙子，找机会肯定要跑。"

李胜利说："但是逃跑 C 大队的人还会抓你。"

我回答他："让他们来抓！不是老子跑到深井这些孙子安排的 1006，还不一定能抓到我呢！"

李胜利说："他们肯定能抓到你。"

我回答他："现在我让深井的人抓到，才最可能被 C 大队的人抓到。和这帮人待在一起，没准就先给弄成植物人，再到燕北当小白鼠！"

李胜利说："你比我当时的情况更糟糕。"

我回答他："不见得，能活命跑路的时候，往往是敌对的两方都盯着你。"

我又想起了我以前在南海刚刚建立合气商贸有限公司的时候，惹上了当时南海最大的黑白通吃的团伙，而这两个团队水火不容，都急着抓到我出气，如果任何一个单独对付合气公司，我都可能没有活路，结果他们两个对打起来，一片混乱，倒给了我喘息的机会，得以逃出生天。

现在的状况也应该一样，他们都认为我只是一个小角色，逃不出他们的手掌心，反而会把主要的精力用在如何对付对方上面。所以，下次 C 大队发动攻击的时候，就是我最好的逃脱时机！

李胜利说："但是，深井好像能够掌握你的方位。"

我回答他："没关系，如果深井和 C 大队冲突起来，绝对是两败俱伤，我如果逃脱掉，就算深井能够掌握我的动向，他们也不敢对我轻举妄动，因为他们也担心他们的动作又把 C 大队吸引过来，反而不妙。如果我是他们的什么主脑，一定会让我逃跑，到燕北以后或者其他 C 大队的能量不能到达的地方才对我动手。”

李胜利说：“你真是很厉害！”

我心里哈哈地乐了一下，和这个李胜利相处这么久了，他还是第一次真正地在佩服我。

所以，一路上我一直对这几个看着冷冰冰的灰制服讨好，我这个人能屈能伸，时候不对的情况下我也不会硬顶，万一顶得他们生气了，一下子把我敲昏了，那才真是麻烦。

这辆车飞速地行驶了一阵以后，终于拐到了小路上继续向前。我回头一看，后面的那辆车还是跟着，我才有点放心黑狗还有机会和我一起逃走。在小路上颠簸了没有多久，车在一个小山包附近停了下来，又有两部差不多的面包车在那里等着我们。

我故意装糊涂逗乐：“几位大哥，我们是到燕北了吗？”

一个人似乎是哭笑不得地说：“还没有。换车。”

我刚下车，就在耳边听到越来越响的嗡嗡声，我也被灰制服迅速地往另外的车那里拽过去。我抬头一看，差点下巴都吓掉，居然是两架直升机从不远处快速向我们飞过来，我哪里见过直升机来抓人的场面，一时也是目瞪口呆！

那边车里也跑下来人，对这边吼道：“快，快！目标太大了！分散开，分散开！”

我被他们拽着跑，心里想机会怎么来得这么快，而且还是这么大的架势，连直升机都过来了！

我正跟着灰制服乱跑，就听见后面黑狗在大喊大叫：“成哥，成哥！”我略一回头，果然看见黑狗跟在我后面和另外几个灰制服跑过来，我们跑的方向都是这个小山包的沟渠处。

我被灰制服按倒在地上，吃了一口的泥，转过身正要骂娘，就看到两个来接我们的面包车里腾出四个淡黄色的影子，嗖的一声就冲上天去了，然后在天上打了几个转，冲着那两架直升机就过去了。

一架直升机已经俯冲了下来，咚咚咚咚地向我们的车开火了，我活了这么大，还是第一次见到能打枪的直升机。那子弹威力之大，打在车身上使得整个车都蹦蹦跳跳的，一下子就毁掉了两部汽车。人如果挨上一颗，那肯定是一个大洞。

突然，那腾起的四个东西好像发动了袭击，只看到天空中红光一闪，一架直升机好像被巨大的石头砸了一般，整个地在天空中就嘣的一声砸得转了半个弯，然后开始冒烟。另一架直升机似乎看情况不妙，立即拔高和那个淡黄色飞速移动的影子周旋了起来，不过似乎也不是对手，也重重地挨了几记。最后变成二对一的状态，直升机在空中翻滚着做着各种动作，并不断地咚咚咚咚地连续射击。不过，僵持没有多久，一架直升机的螺旋桨似乎被击中了，发出一阵机械的怪叫，从天空中几乎垂直地落了下来，重重地砸在田里，火光四射。

我都看呆了，我看过很多的美国大片，这种真正的真刀真枪还是第一次看到，而且也就几十秒的时间，我觉得我根本就没来得及喘气。

直到直升机坠落发出巨大的爆炸声我才清醒了一点，转头一看，黑狗也被按在离我不远的地上。我大喊了一声黑狗，让正在发呆的黑狗也注意到我，然后我做了一个只有合气公司的人才能看懂的手势，喊了一句黑话："拉毛！"这个意思就是找机会一起跑路，跟着我。

黑狗会意地点点头，而我旁边的灰制服则又重重地把我按在地上，警告我不准说话。这个时候又是一声巨响，另一架直升机也坠落了下来。

我和黑狗被这些灰制服从地上拉了起来，迅速地向车跑了过去。刚接近车，就听见更大的嗡嗡声传来，仰头一看，天哪，居然有十几架直升机从脑袋后面扑了过来！

这些直升机迅速地组成一个个小的编队，一组向我们这边斜冲过来，另外几组则去围剿天上的那几个淡黄色的太岁。这是李胜利告诉我的，那应该是太岁。

什么叫枪林弹雨我算是体会到了，子弹划过身边卷起的风声，刺得耳朵都疼。这些直升机到来，看来根本不是要把我抢走，而是想要了我们所有人的命！

我们放弃了汽车，又四散地向山包底下聚拢，我身边的三个人也变成了一个，黑狗的情况也差不多。我大喊一声，突然就挣脱了灰制服的束缚，玩命一样向前跑去。没跑两步，就听到后面一声闷哼，那个灰制服好像被击中了，摔倒在地。我更加卖力地跳跃着，拐来拐去地奔跑，子弹击打在石头上蹦出的碎石块好几次都击中了我的脸部，痒痒的。我知道我肯定挂彩了。

我努力地奔跑着，也不时抬头看一眼天上的情况，就看到一架黑色的直升机砰的一声放出了一张网一样的东西，在天上张牙舞爪地释放开来，天上已经盛开了几朵这样的黑色的网子。有一个网子似乎网住了什么东西，在天空发出巨大的吱吱吱吱的响声。

而直升机坠落也在发生着，满耳朵就充满了子弹咚咚的声音和直升机坠落巨大的爆炸声，这是一场战争！一场我们都不知道的战争。

“成哥！”黑狗在我身后喊着，他也摆脱出来了。我头也没有回，只是大喊着：“跟着我！！”

这是一次感觉像奔跑了一年的逃跑，我也不知道我和黑狗是什么时候停下来的。只知道两个人摔在泥沟里的时候，我几乎都没有把头从泥巴里面抬起来的力气了。

我们摔在一个很深的草沟里面，沟里面污水横流。好一会儿，我才终于将身子移动了一下，慢慢地从沟里爬到比较干燥的地方，黑狗也像个蠕虫一样蠕动到我的身边。我看看他，他也看看我。我突然哈哈哈地笑了起来，黑狗起先还惊讶地看着我，过了一会儿也跟着我笑了起来。我不知道这次是不是我的神在保佑我和保护我，但是我知道，我的神可能已经抛弃我了，现在，我就只有我自己。

天上已经没有声音了，天气很好，瓦蓝瓦蓝的，只有几朵白云在飘动。

我伸出手，拍了拍黑狗，说：“你信命吗？”黑狗点了点头：“信！”

我们再也没有力气站起身来，就在这个瓦蓝的天空下的草沟里，我和黑狗一直这样躺着。什么话都没有说，就这样一直躺着，直到黑夜的来临……

九　雨巧雨巧雨巧！！

连续两天好像都在拼命地奔跑着，我真觉得体力有点吃不消了。而且对于前景，我真的很不看好，如果不能尽快地解决问题，我不知道下次还有没有力气能够跑得掉。

我在路上让黑狗抢了一辆喝醉酒司机的车，这才重新结束了步行的方式。

我现在只认准一口气，到了燕北，找到我干爹，他应该会给我一些保护的。以干爹的背景和身份，他是有这个能力的。

终于在天微微发白的时候，进入了燕北界。

我没有直接进市区，而是从高速上下来，把这辆抢来的车丢了，并准备找一个洗浴中心把自己弄干净，要不脏兮兮的样子很容易被人注意。

一进燕北我就叫黑狗叫了辆的士，直接到了燕北我记忆最深最顺口的饭店建国饭店。

终于抓到机会把所有的衣服都换掉，并好好地吃了一顿中餐和晚餐，七点多我就和黑狗动身去找我干爹的家了。我不是很担心找不到，大不了给李秘书打个电话再问一次，但是我还是宁肯自己找到也不要打电话，因为我本来就一身倒霉气，还不知趣傻乎乎地问干爹住在哪里，那就实在是惹人讨厌了。

我们打车走了两圈，终于看到了一个酒吧是我来过的地方，我从这里下了车，开始在李胜利的帮助下，按照记忆找。有李胜利帮我还真是有如神助，绕过了几条街后，我觉得我大概已经找到了，就在前面不远，我只需要走过去确认一下，然后等到接近十点的时候去敲门，那我就应该安全了。

果然就是这里，一个非常不起眼的小门，旁边有个车库的入口。但是我看了看表，还不到九点，我干爹既然叫我十点来，我最好不要这么早就进去。而且，现在我还不知道有没有深井的人在盯着我。

我在附近转了两圈，买了一包烟抽了几根，李胜利就开始叫我往一些小胡同里面钻，我开始也就听他的，反正他对这里比较熟悉嘛，但是钻来钻去，我觉得李胜利好像在找什么东西，我问他："小子，找什么呢？这里都是垃圾了。"

李胜利没有回答我，还是让我在几条胡同里绕来绕去。

然后在一个胡同的拐角处，李胜利突然在我脑中大喊一声："停下！"

我和黑狗站住，估计黑狗也是莫名其妙的。我问李胜利："你干什么！"李胜利没有理我，我的目光也往前一递，在胡同拐角的旁边，有一个黑影畏畏缩缩地在打量着我们。是一个人，而且应该是一个乞丐。

我的大脑里面就充满了李胜利如同雷鸣一样的喊声："雨巧雨巧雨巧……"

我感到撕裂心脏一样的难受，以至于我根本无法思考……

十 请照顾她

我很痛苦地把头抱住，在心里咒骂着："你疯了，住嘴！"李胜利还是用巨大的声音对我说："请你去雨巧的身边，我求你！"我回答他："什么雨巧，跟我有什么关系！而且我还有正事要办！"李胜利就不断地在我脑中呼喊着："求求你，求求你，求求你，求求你。"这种声音居然让我感觉到一种撕裂般的无奈。

我只好靠近这个乞丐，黑狗亦步亦趋，我摆了摆手阻止了他跟着我，我自己走上前去，牢牢地盯着这个小乞丐。这个乞丐也直视着我的眼睛，那眼睛里居然闪烁着我从未见过的光芒。我每靠近一步，李胜利都会强烈地在我脑中呼喊着这个雨巧的名字。

雨巧是李胜利从来没有和我提起过的名字，就算提过可能也是一句话带过，所以我也记不得了。

我蹲下身来，平视着这个乞丐。我才发现这是一个很漂亮的、眼睛大大的女孩子，尽管脸上布满了污迹，但是丝毫不能掩饰她的漂亮和可爱，而且根本不像我接触过的南海的乞丐那样眼光混浊、呆呆傻傻。

这个女孩子就这样看着我，注视着我的眼神，一点都没有躲避的意思。李胜利就在我脑中喊着“雨巧！雨巧！雨巧！”。可能，这个女孩子真的就是雨巧吧？我不耐烦地向脑中喊去：“哭什么哭！”奇怪，是我感觉到李胜利在哭吗？我从来都感觉不到他的感情的，但是这次居然感觉到他在哭。也许是因为古怪的声调高低吧。

李胜利说：“我很想抱抱她，告诉她我就是李胜利。”我回答他：“但我不是李胜利，我不可能抱她，我抱她你感觉也会和我一样吧。但是我不会这么做。”李胜利没有说话，但是我居然能够觉得我脑中传来一阵阵的如同高空坠落一样的收紧的感觉，并伴随着李胜利低低的奇怪的嘶嘶声。他应该是很痛苦吧。

也许李胜利这个时候的感觉是，最近的距离但是又感觉如此遥远吧。可能最痛苦的事莫过于你就在我的眼前，但是我却不能告诉你我爱你。

我盯着这个叫雨巧的乞丐，一直没有说话，而雨巧也没有躲避我的目光，还是充满光芒地看着我的眼睛。我都有点不知所措了，于是说："你认识我吗？"雨巧回答："不认识。但是，你看上去好熟悉。"我说："我像谁吗？"雨巧说："你谁都不像，但是你的眼睛里有我很熟悉的感觉。"我说："你不怕我吗？"雨巧说："怕。"我把眼睛一瞪："那你看我干什么？"

雨巧有点害怕地缩回脖子，但还是向我不断地打量着，好像在寻找我脸上的金子一样。

李胜利说："求求你，告诉他你认识李胜利。"我回答："为什么？让她缠着我吗？"李胜利又发出了低低的嘶嘶的声音，然后说："求求你，求求你。"

我没有理他，对雨巧说："可能以后我们会见面的。"然后我站起来转身就走，我不可能为了李胜利说的乞丐一样的女人，让我无法和我干爹见面，甚至成为我的一个包袱。李胜利在我脑中吼着："不要走，不要走，求求你，求求你……不要走……"

可惜，李胜利还控制不了我的身体，我想做什么他根本无法阻止。于是我克制住李胜利在我脑中不断的呼喊，快步地离开这个乞丐。

走了没有几步，突然听见那个乞丐尖叫一声："你是我老公吗？黎明哥！！"

我正想头也不回地回答她不是，李胜利就开始尖锐地嘶叫了起来，只有嘶嘶嘶嘶的声音，没有任何的语调，而我也突然觉得自己的身体好像有些反常，好像从某一个地方开始突然不属于我了，然后快速地向全身蔓延着，以至于我的舌头突然不受我的控制，而说不出话来。

我明显地感觉到，我不能控制我的身体了，我的意识驱动不了我身体的任何部位。李胜利取代了我的身体？我现在能够感觉到我身体上的一切，但是我却不能驱动，我只是被动地感觉着我身体的一切。这就是李胜利的感觉吗？现在我和他调换了？

我知道我站住了，然后转过身来，眼泪飞速地流下来，但是表情非常的僵硬，身体也是如同机器人一般往前挪动着，然后我说："是的，我是你老公，雨巧。"然后颤颤巍巍地向前冲了两步，跪倒在雨巧的面前，摇晃了一下，头向下摔在雨巧的怀中。

雨巧揉着我的头，把我的头扶起来，看着我，也是两行眼泪如同清澈的泉水一样挂在她的脸上："真的是你，但是你又不是你。你怎么了，老公？"我说，这个时候应该是李胜利在说："我的身体不知道是否还存在，但是我的意识在这个身体里。雨巧，你明白吗？"雨巧把我的脸抱起来，把自己的脸贴上去，她的眼泪洗刷着我的脸："老公，老公。"我缓缓地把手也伸出来，明显的还不是太灵便，然后笨拙地伸出一个手指弯曲着，擦雨巧脸上的泪痕。

黑狗这个时候靠了过来，可能他也觉得我行为反常，把我扶了一下，问："成哥，你还好吧？"我尽管很想说黑狗你把我扶起来，但是我却说："黑狗，不用管我。现在，我宁肯死也要保护好这个女孩子，你也一定要做到。"黑狗喃喃地说："是，成哥。我记住了。"我骂道："王八蛋，不是我说的。"李胜利居然在大脑里面回答我："成哥，对不起。但是请你保护这个女孩子好吗？"我骂道："凭什么！"李胜利说："我不知道我能够控制你的身体多久，但是如果你把我当成你的朋友，请你保护她，照顾她。”我骂道：“行了，行了，我答应你，你把我身体还给我。”李胜利说：“我也不知道怎么还给你。”

于是“我”对雨巧说：“雨巧，和我在一起，不要离开我。”雨巧说：“我死也不会再离开你的。”“我”说：“那你一定不要离开成哥。”

我大骂道：“把我身体还回来！”然后，居然慢慢地，我的身体又恢复了知觉，从全身那种控制感又回到一个点上，然后我就又能控制我的身体了。

我打了一个激灵，甩开了雨巧的怀抱，黑狗正毕恭毕敬地站在我身边，然后我莫名其妙地东转西转，好像在找我丢掉的东西一样。我大声地在脑中骂李胜利：“王八蛋！刚才很过瘾吧。”李胜利说：“谢谢你，不过我好像被发现了，可能我不得不离开你，但是请你不要告诉雨巧，我求求你。求求你。求求你……”这个“求求你”的声音就越来越小，最后以至于消失了。我在脑中骂道：“李胜利，你出来！你出来！”但是，我能感觉到李胜利消失了，他已经不存在于我的脑中了。

我把我脑袋拍了拍，又在脑中喊了几次，直到我也确信李胜利的确不在我脑中了。

而我再看雨巧的时候，她已经不敢再看我的眼睛了，蜷缩到一角，只是偶尔用眼睛瞟着我。

我晃了晃头，对黑狗说：“走！”径直地要离去。黑狗说：“成哥，刚才你说要保护这个人。”我骂了一句：“刚才我说的都是在放屁！走！”黑狗说：“哦……哦……成哥……那走吧……”

我走出几步，突然又想到李胜利，这个人难道真的又回到那个如同地狱一样黑暗和恐怖的地方去了？那他还会回来吗，还是会死去？这个雨巧是他的老婆？怎么能够在这里？刚才李胜利控制我的身体的时候我感觉到的是什么感情？如此的震撼、激烈、无奈、激动、悲伤、痛苦。

我放慢了脚步，李胜利最后说的几句话“如果你把我当成你的朋友，请你保护她，照顾她”却怎么也挥不掉。我赵成什么时候变得这么心软了，李胜利只是我的一个幻象而已，我为什么要听他的！王八蛋，这个害死人的李胜利，下次你来我一定要骂死你！

于是我把身子一转，看着呆呆站在不远处的那个叫雨巧的乞丐，说：“跟着我们。丢了我可不管。”黑狗也连声地说：“我看着，我看着。”这个雨巧就颤颤巍巍地走了过来，黑狗跑过去一步，说：“快点，跟着我，别丢了。”

于是，我独自在前面走着，黑狗则拉着这个叫雨巧的乞丐跟着我，又向我干爹的家走去。

我一路走来，终于确定李胜利的确已经不在我大脑中了，我突然有一阵失落，这个古怪的人尽管在共享我的身体，但是一直是我的一个非常好的朋友和伙伴。他走了我还真有点不适应，而且我不知道他去哪里了，不知道他什么时候回来，不知道他是否还存在。所以，我觉得这让我比一个亲人直接去世了更加难过。

他为什么突然消失了？他说他被发现了，被什么发现了？刚才他如此激动，以至于控制了我的身体，是这样才让他被发现了吗？这个人的存在是否真的只是我的幻想？但是，李胜利留给我的那种古怪的感情是什么？五味杂陈酸甜苦辣，我根本无法说清楚那感觉是什么，因为我从来没有过。

我回头打量了几次那个雨巧，但是她都很害怕似的躲避了我的目光，缩在黑狗的后面。是这个叫雨巧的女人让李胜利如此吗？李胜利和这个女人是夫妻的关系，但是他们到底是怎么一回事有今天这个境地？这一切的疑问太多了，我真的很后悔当初为什么没有多问问李胜利逃亡生涯中是否还有伙伴和爱人。

爱人……当我想到这里的时候，突然涌起一种疑惑，李胜利留给我的感情是爱情的感觉，而且是一种撕裂人灵魂的爱情的感觉？我活了这么大，只爱过我母亲一个女人，在我母亲离开我去世的时候，这种感觉的确出现了一部分。从十五岁开始我就相信这个世界只有靠自己的拳头和金钱来说话，你必须变得比别人都狠，才能得到别人的尊敬。爱情，我从来都不相信，所有的女人口口声声说爱我都只是讨我的欢心而已，除了我母亲，其他女人对我来说，都只是玩物而已！我不可能爱上谁的，嘿嘿。

我看了一下新买的手表，十点差一刻了。差不多该过去了。

这个雨巧看着脏兮兮的，完全一副乞丐样，我把她带去是否合适？但是既然如此，我为什么还要带着她？唉，管他的，大不了挨干爹白眼就是了。

我默默地抽了两根烟，很准时地在十点按响了干爹家的门铃。

很快，一个男人拉开了门上面的小窗户，向我们打量了一下。我点了点头向他示意。他问我：“您叫什么？”我说：“赵成。”那男人“噢”了一声，把门迅速地打开了。我们三个鱼贯而入。

这是一个挺大的四合院，三栋平房和一栋二层的房子将这个四合院围了起来。

走了没两步，一个中年女人从一个平房的门里出来，对我招呼：“你们先来这里，你干爹现在有电话。”我知道这个女人是这里的大管家王姐，于是很顺从地跟着她走。

王姐看到雨巧，“咦”了一声。我赶紧说：“一个朋友托付我的，不好意思啊。”王姐说：“她这样不行的，跟我来先洗个澡吧。你们先进屋坐一会儿。”雨巧似乎很不愿意离开我，我冲她龇了一下牙：“我哪里也不去，就在这里。”这样雨巧才被王姐带去了。

我正坐立不安的时候，王姐过来说：“我还以为是个小子呢，结果是个女孩子，还挺聪明的，什么都会。你们先跟我来，房间给你们安排了。”我诺诺连声，起身和黑狗跟着王姐就走。

进了那两层小楼，王姐带我们下了地下室，把一个房间打开：“你们三个住这里。那女孩子可以在最里面隔间的小床上。她叫雨巧是吗？”我连声答应着：“是，是叫雨巧。”王姐说：“是个挺讨人喜欢的女孩儿，不过好像受过不少罪，有点怕人，你们要照顾别人一点。”我点点头。王姐说：“等会儿叫你们。”

我第一次来我干爹家，也是王姐接待的，当时住的是一层的大客房，现在可能情况不同了，改住地下室了。

我打量了一下这个房间，是个半地下室，最上面有一排小窗户能看到外面，有一个很小的客厅放了一个茶几和两个老旧的沙发，里面则是一个卧室，摆了两张席梦思床，再往里面有一个刚好摆下一个柜子和行军床的小隔间。我看了看，然后坐在床上，叹了一口气："寄人篱下啊！"黑狗还是傻呵呵地笑了两下："成哥，还挺好，还挺好。"我白了他一眼。

又过了一会儿，王姐一路小跑过来了，说："X 总叫你自己上楼去。"

我赶忙应了一声，赶快起身跟着王姐出去了。

我把门推开，我干爹正一脸严肃地抽着烟，他看我来了，示意我坐下。我紧张地坐在沙发上。

我干爹往侧面的躺椅上一坐，又猛抽了几口烟，说："赵成啊，你知道谁要抓你吗？"

我赶紧说："就是不知道啊。"

干爹把烟掐熄在烟缸中："居然是我们这个集团公司情报中心的几个部门。"

我问："我怎么会惹到他们？"

干爹说："我也觉得奇怪，你觉得他们的矛头真的只是针对你吗？"

我说："我只是在南海弄些小生意，除了帮忙照顾点干爹您的生意以外。"

干爹说："呵呵，你要知道，我本来不愿意让你来我这里的。"

我说："哎呀，干爹……"

干爹说："我知道你要说什么，你那点钱也管不了什么用。现在是集团公司高层里面有人主动说可以保你。你最近到底干了些什么？知道了些什么？你这个动静闹得可不小啊。"

我说："我什么都没有干啊。干爹，我就是一粗人，我能知道什么啊。"

干爹说："你就没有胡说八道？"

我一想我还真是胡说八道过，我对田书记说过第二通道，而且还说过我是第二通道下来的人。

当时真的只是听李胜利说的，故意说出来吓唬人的。

我只好说："干爹，我知道瞒不住您，我就和南海的田书记说过第二通道……"

干爹立即接过我的话头儿："你怎么说的？"

我说："我就问田书记你知道第二通道吗，田书记说他不知道，我就说我就是从第二通道下来的人。"

干爹说："你就说了这么多？"

我说："我就说了这么多，再多一个字我不得好死。"

干爹点了点头，说："赵成啊，这个事情好像不是这么简单的，现在我也搞不清楚到底是该保你还是不该保你，不过也罢，你既来之则安之，先在我这里住两天。"

我说："干爹，真的是给您添麻烦了。"

干爹笑了笑："是福是祸都躲不过啊！……你还带了两个人来？"

我赶紧说："一个是跟了我五年的得力手下，您见过的，叫黑狗。还有一个，嗯，还有一个是我一个生死兄弟托付我照顾的小姑娘，挺可怜的，叫雨巧。"

干爹说："你还真是够义气啊，自己都顾不过来，还照顾别人，不是害别人吗？"

我说："干爹，我这人没别的，就是讲义气，答应别人的总要做到嘛。"

干爹"哼"了一声，说："小鬼，又是故意激将我。你去休息吧，王姐会告诉你什么时候吃饭的。"

我说："那我走了。"

干爹说："走吧，走吧。这两天你和你的人不准到外面去。"

我应了一声就出去了。

我一进屋，就看到黑狗坐在外面的沙发上，看到我还挺不自在地起身，扭扭捏捏的："成哥，你回来了。那个雨巧在里面。"我骂道："没出息的东西！！"然后就大步走进卧室。

一个扎着个马尾辫的苗条的女子看我进来也吓了一跳，一下子钻进那个隔间。

这是雨巧吗？变化这么大，我简直不能和刚才那个叫花子样的雨巧联想到一起。我在床上一坐，把电视机打开，说："好了，好了，你出来吧。我在这里呢，你总得出来说话吧。"这个雨巧才慢慢悠悠地从房间里面出来，坐在离我床边很远的一个椅子上。

雨巧真的很漂亮，我的眼神都有些发呆了……

十一 我也是一个脆弱的男人

雨巧穿着一条很旧的牛仔裤，显得双腿非常的修长，一双褐色的女式皮鞋；上衣则是一件很普通的女士的长袖外套，带着细小的印花。雨巧的头发应该是仔细地清洗过，尽管扎在后面，前额仍然一丝一缕地垂下了不少直到嘴角的头发。

雨巧的五官非常精致，闪动着一双会说话的大眼睛，微微有点翘起的鼻头和高挺的鼻梁。可能是刚洗完澡，又被我吓了一下子的原因，雨巧显得脸色略有红润，衬着她白皙的脸异常的好看。

不过雨巧脸上还是有几条比较明显的伤痕，给人一种怜爱的感觉。

雨巧躲着我的目光不敢和我接触，但是看着别处的时候，目光又显得特别的坚定和坚强。她似乎就是一个在女强人和小女生之间的那种女性，既有自己的独立精神，又有着天真烂漫的情怀。

雨巧在椅子上坐下，习惯性地把双腿收起来踩在凳子上，把头倚在自己的两腿之间，这可能是她的一种自我保护的方式吧。然后雨巧盯着房间的一角，似乎在思考着什么，又流露出坚强的神色。

黑狗这个时候，也走进来坐在我的旁边，看得出这小子好像有点喜欢雨巧，因为从来没有看到过这样的一个大男人，居然会扭扭捏捏的。

这样沉默了一会儿，我首先打破了僵局，问道：“你叫雨巧？”

雨巧没有看我，目光还是直直地盯着一处不动，只是点了点头。

我说：“我叫赵成，一般大家都叫我成哥。”

雨巧还是没有说话，只是点了点头。

我说：“你是李胜利的老婆？”

雨巧把头转过来，看着我的眼睛，她的眼睛如此的明亮，让我都有点想回避她的目光。

但是雨巧很快把眼神移开了，说了句：“你说的李胜利应该就是黎明哥。”

雨巧的口音听起来很奇怪，有些南方口音，但是普通话的成分居多，让我不好判断她是哪里人，不过雨巧的嗓音听起来甜甜的很清脆，却又有一丝忧郁。

我说：“应该是一个人。”

雨巧又把头转过来看着我：“你认识他吗？”

我说：“认识，当然认识，他的事我很清楚。”

雨巧居然甜甜地笑了一下，似乎回忆到了什么，但是马上又陷入了沉思。

这样挤牙膏似的对话也不是个事，我必须打破僵局，这个叫雨巧的女人身上有太多值得我好奇的地方。

我说：“你知道他现在在哪里吗？”

雨巧头也没抬，低低地说：“不知道。”

我说：“你想知道他在哪里吗？”

雨巧还是头也没有抬，低低地说：“想知道，但是你不会知道的。”

我深深吸了一口气，说道：“你难道不认为我和他是同一个人吗？”这句话并不是我刻意说的，而是我一直在潜意识里把李胜利当成我的人格分裂的产物，他可能就是我自己的某些遗忘的记忆。

这句话似乎起到了效果，雨巧把头转过来，又开始牢牢地盯着我，说：“可能是，但是，他现在不在。”

我说：“所以你愿意跟着我？”

雨巧说：“是的，我不知道黎明哥什么时候会回来，而且，他说了叫我跟着你。”

我说：“他还在，只是他暂时不能和你说话。”

雨巧眼睛眨了眨，却突然哽咽了两声，明亮的眼睛中就滚出两颗晶莹的泪珠，她说："我知道的，他会回来的。我会等着他回来。"

雨巧一哭，我倒有点慌了神，见过不少女人大哭大闹的，但是没有想到雨巧的两滴眼泪却仿佛把我这个蚂蚁一下子淹没在大海中。

我连忙说："哎……别……李胜利会很快回来的。"

雨巧说："不会的，我知道的。"

我哑然，这个女孩子绝不是我想象的很单纯很简单，她对事物的判断比我更加敏锐。

我还真不知道该如何继续对话下去。

这个时候，雨巧说："成哥，你们介意听我讲一个故事吗？"

黑狗倒回答得比我还快，"愿意"两个字已经脱口而出。

我把电视关上，在这个不大的小屋里，这个曾经是一个乞丐的漂亮女孩子开始轻声地讲述一个凄美的童话般的爱情故事，而主角就是雨巧和李胜利。

"……我和他分开了。我当时真的不知道该如何继续活下去，但是我记得他告诉我的，活下去，就能见到他。于是，我沿着河走了下去，并在一个小村落旁边待了三四天。我觉得我快要死了，但是一想到他可能还在等着我，如果他到处找不到我，他肯定会很伤心的。这样才让我鼓起勇气再活下去……而我知道他是燕北来的，我就抱定了念头，我要到燕北去。于是一路乞讨，用了半年多的时间，才终于来到了燕北。

"燕北这个城市里有他曾经的呼吸，我在这里觉得很踏实，尽管我还是很怕人，也经常被别人欺负，但是我相信只要我在这里等下去，一定会等到他的。今天，很偶然，我居然有种感觉他来了，而且就在我的附近。结果，就碰见了你们。

“成哥，对不起，我并不想跟着你给你添麻烦，但是跟着你是唯一再见到他的机会。如果你不方便，我会离开的。”

我有点颤抖着说：“你就这样自己乞讨了半年到了燕北？”

雨巧说：“是的，尽管很孤单，很害怕，但是想到他，我就有了勇气。”

我惊讶这个弱小的身体里居然能够爆发出如此大的能量，这个忘记了自己是谁的女孩子，唯一的寄托就是李胜利，而且能够忍受常人都无法忍受的痛苦，就这样一步步地寻找下去。我不知道我这个时候是同情她还是佩服她，我只是知道她和我曾经接触过的所有女孩子都不一样。

我转身看了看黑狗，黑狗立即把脸侧了过去，不让我看到他的脸。也许，雨巧说的一些事情触动了他的某些伤心事，黑狗这个似乎没有眼泪的男人，分明是在哭泣。尽管我看不到黑狗的脸，但是我绝对知道黑狗在哭。

雨巧一直盯着地面在讲话，中间只是偶尔抬起头打量一下我们的神态。而我则一直盯着她的脸，雨巧好像边说边回忆起当时的场面一样，时而甜蜜，时而痛苦，时而激动，时而沮丧，但是更多的时候，雨巧的声音是低沉和哽咽的。

我的心很乱，心情很糟糕。面对这样的一个女人，我不知道该如何对待她。

雨巧也没有理我们，还是继续地说着："他说过，我每次睁开眼睛的时候，他都会在我的身边，但是现在我每次睁开眼睛，他都不在，但是，我不怪他。一年了，我每次睁开眼睛，都会觉得很痛苦，因为，他又不在。"

然后，这个小女人低低地哭了，再也没有说出一句话。

夜晚来得如此的安静，又有谁知道我也是一个脆弱的男人呢？

十二 徐总裁驾到

清晨。

雨巧的房间传来轻微的起床的声音，黑狗嗖地一下站起来，我用眼神冷冷地压住他。他看了看我，没有敢动，又慢慢地坐下来。

雨巧起来了，从房间里出来，看到我们这两个男人正坐在床上，有点吃惊地打量着我们。我心里有一阵跳动，刚想说话，黑狗已经先说了一句："外面有洗手间，有洗漱用品。"

我眉头皱了皱，也没有再说什么。

雨巧怯怯地应了声，就迟疑地去了洗手间。

在表达方面，我似乎比黑狗迟钝了一点，不知道我是碍于自己的面子还是什么，我已经不是南海的那个成哥了，何必还要这么矜持呢。

雨巧回来了，可能她很久没有这样休息过，看着脸色比昨天精神多了。很细致地把自己的头发整齐地梳理了一下，看上去像个女大学生。

我看着她有点发呆，雨巧回避了我的眼神，转到自己的隔间坐着去了。

我对黑狗说："陪我到院子里面走走。"黑狗打量了一下雨巧的房间，正要说话。我打断他："让这个女孩子待着，不会走掉的。"

黑狗应了一声，起身和我一起出去了。

干爹的院子里面已经有两个保安在扫地了，看到我们微微朝我们笑了一下。我们在院子角落的花坛坐下，我掏出烟递给黑狗一支，黑狗连忙说："我不抽烟的，成哥。"

"哦。"我把烟收起来，自己把火点着，深深地吸了一口，说，"黑狗，你相信雨巧说的话吗？"

"相信，她不像骗人的。"

"你就这么确认？"

"嗯，我能确定。"

"你是不是觉得我很奇怪？"

"没有……"

"得了，黑狗，我知道你肯定觉得我很奇怪。从昨天晚上碰到雨巧开始，你一定觉得我和这个雨巧有什么关系。”

“我……成哥，我一向没什么脑子，没有想这么多。”

“唉，黑狗，你跟了我这么久，我的确也没有什么想瞒你的。这个雨巧，我的确认识，她说的那个黎明，我也认识。”

“是啊。”

“你不想知道我怎么认识他们的吗？”

“我……”

“黑狗，你是不是喜欢这个雨巧？”

黑狗一下子有点惊慌，说：“没有，我只是觉得她很可怜！我小时候也乞讨过。我……”

“好了，黑狗。今天的我已经不是南海的成哥，我们只是难兄难弟的关系，如果给你一个选择，让你带着雨巧和其他人会合，你愿意吗？”

“成哥，我不会走的。雨巧也不会走的。”

“呵呵，这儿也不是长留之地，现在他们的矛头只是针对我，你没有必要和我一起担惊受怕的。”

“成哥，你不要这么说。黑狗愿意和你同生共死！”

我把黑狗的肩膀搭上，很真诚地看着他：“如果我陷入万劫不复的境地，你要答应我，带着雨巧走。知道吗？我不是在命令你，是请求你。”

“成哥……”黑狗似乎又有点激动，声音也哽咽了起来。

我拍了拍他，把手拿回来，站起来伸了伸懒腰，说：“走一步看一步吧。”

然后，我们两个没有说话，都各自静静地想心事，直到看到王姐出来和我们打招呼：“你们两个起得这么早啊。马上吃早饭了。那女孩子还在睡吗？叫起来到这边来吃饭吧。”

上次我来这里就没吃过早饭，晚上应酬到三四点，一般都是中午才起来吃饭。

我对黑狗说：“把雨巧叫上来吃饭吧。”黑狗应了一声，打量了我几眼，我冲他笑了笑，他才快步走进房间，去叫雨巧去了。

早点并不是很复杂，也就是稀饭、咸菜、鸡蛋和面包这些。不过雨巧吃起来还是显得很急，尽管她有意地想克制自己不要这么急地吃饭，但是还是控制不住。我心头有点发酸，又想到了我小时候没有饭吃，碰上好吃的也那么狼吞虎咽的样子。

王姐倒很关心雨巧地说：“闺女，吃慢点，别噎着。”

我并没有什么胃口，喝了一碗稀饭，就呆呆地注视着雨巧吃饭，看得雨巧也不好意思起来。她吃东西如果不是这么急，还是很优雅的，看得出接受过良好的教育，有着不错的素质，手上有一些伤痕，但是洗得很干净，手指细细长长的。如果不是我昨天看到她一副乞丐相，我根本不相信这样的一个女孩子也曾经是乞丐。

吃完饭，王姐说：“X 总应该一会儿会下来吃饭，你们要不先回房间等一下。”我应了声，招呼黑狗、雨巧离开。王姐说：“我待会叫保安给你们拿点书过去。”

刚回到屋里不到一盏茶时间，王姐就推门进来，说：“赵成，你们都在吗？”

黑狗答应着：“都在，都在。”

我也赶快走出去，说：“王姐，都在呢！”

王姐笑眯眯地说：“X 总马上过来看你们。”然后，转身出去了。

没一会儿，X 总的脚步声就在门外响了起来，我赶快走到门口，没等他靠近，就把门拉开，和干爹迎了个满怀。

干爹也不客气，径直进来往客厅的沙发上一坐，我赶忙陪过去在旁边坐下。

干爹说：“昨天晚上睡得还好吧。”

我说：“挺好的，挺好的。”

干爹说：“不好意思，让你们委屈一下先住在这里，楼上人来来往往得多，住下面没那么显眼。”

我说：“干爹费心了。”

干爹看了看站在旁边的黑狗：“这是黑狗吧。”

黑狗马上点点头：“是啊，是啊。”

干爹又说：“不是还有一个丫头吗？”

我说：“在里面隔间坐着呢，她特别怕人。”

干爹说：“没事。听王姐说是个挺讨人喜欢的女孩子。”

我没让黑狗去叫，而是自己起身到里面叫雨巧出来。

雨巧挺拘谨地从里面走出来，我拉着雨巧的衣袖，向干爹介绍：“她叫雨巧。”

干爹笑眯眯地看着雨巧：“你好啊。”

雨巧也怯生生地说："你好。"然后把头抬起来，向干爹点了点头。

我看到干爹的眼神立即就变了，眼光突然一闪，但是很快地就消散了。这一变化非常的快，我干爹这种级别的人都是喜怒都不形于色的人，突然眼神有这样的变化，一定是发现了什么让他吃惊的事情。

我也沉得住气，克制住自己没有打量雨巧，而是招呼着，让她坐到干爹的身边。

干爹呵呵笑了一下，站起来说："我就是来看看，没什么。我走了，有什么需要直接找王姐。"然后起身就向门口走去。

我赶忙送一下，干爹走到门口，又转身过来说："对了，你们不要出这个院子。知道吗？"

我答应着，看到干爹的眼神从我的肩膀上扫了过去，停在后面的雨巧身上。不过只是一瞬间。

我送干爹出门，干爹说："你别上去了，我走了。"我停下脚步，说："好的。"干爹走上几步楼梯，突然转过身对我说："也照顾好你带来的人。"我连声回答是。干爹这才头也没有回地走了。

晚上十点多，王姐跑下来叫我："赵成，X总叫你上去呢。"

我小声地对黑狗说："你别故意逗小姑娘，还真不知道你还有这个本事！！"然后赶忙跟着王姐上楼去了。

我在干爹的办公室外敲了敲门问道："可以进来吗？"

干爹口气显得很开心，说："进来吧，进来吧。"

我推门进去，一个很威严的穿着深绿色制服的人正坐在沙发上，我干爹则坐在旁边陪着。

干爹说：“小赵，你坐过来。”

我觍着脸对那个人笑着，看长相，就知道是权力很大的、在燕北有头有脸的人。在干爹这个房间能这样坐着的，只有这种人。

我刚坐下，干爹就介绍：“这是我们集团安全事务总长，徐总长，我们私下叫徐总就好了！他也是我的老战友了！”

我赶忙堆着一脸的笑，哈着腰伸出双手：“徐总，幸会，幸会！”

这个徐总紧紧地有力地握了握我的手，冲我很温和地一笑：“惭愧，你好，你好！”

这个人，透着一股子的威严，看着很温和，但是给人一种权力的压迫感，绝对不是简单的人物。

不知道为什么，我觉得他既熟悉又陌生。

十三　命运的折磨

寒暄了几句，徐总就提到要见我带来的那个女孩子，我看了看干爹，干爹很肯定地点了点头。我也没有什么意见，于是和徐总、干爹三个人，一起来到了我的房门前。

估计是黑狗已经听到了我们的脚步声，一推门，就看到黑狗站在门口等我。

黑狗看到这个徐总也是愣了一下，我递给他一个眼神，让他别说话，走过他身边才说："这是徐总，徐总。"

然后引着徐总，到客厅的沙发坐下。

干爹也顺着坐在旁边，看得出来，干爹对这个徐总是相当的尊敬。

徐总说：“麻烦帮我引荐一下那个女孩子。”

我赶忙跑到内屋，雨巧也知道来了人，我一进她的房间，她就紧张地看着我。

我小声对雨巧说：“没事的，有人想见见你。”

雨巧小声地很紧张地问：“谁呢？”

我用眼神告诉她别担心，说：“出来吧，认识一下。”

雨巧点点头，跟着我走了出来。

我向徐总介绍：“这是雨巧！”

徐总一言不发地打量着雨巧，干爹则来回看着雨巧和徐总，看得出来，他也很紧张。

徐总直直地看着雨巧，表情错综复杂，眼神也起伏不定，在注视了一会儿后，口气放得很缓慢：“雨巧姑娘，你，认识我吗？”

雨巧把头抬起来，打量了徐总几眼，却看到徐总突然有点激动地想站起来，双手紧紧地抓着沙发的扶手。

雨巧说：“不认识。”

徐总还是控制不住似的站起来，三步并作两步地走到雨巧的身边，很温柔但是很急切地说：“不要害怕，你仔细看看我，你难道不认识我吗？”

雨巧可能因为徐总快速地靠近，而吓得后退了两步，但还是抬起头看了看徐总，有点惊慌地说：“真的不认识您！”

徐总的脸几乎搅在一起，声调居然也变了，说：“妮妮，你是妮妮吗？”

雨巧继续往后退了两小步，似乎她被吓到了，口中也喃喃地说：“不，不，我不是。”

徐总冲上一步，一把抓住雨巧的胳膊，似乎再也控制不住：“妮妮，妮妮，你就是妮妮，我，我是你爸爸啊！妮妮！你看看我，你看看我！”

这句话让我和黑狗的耳边几乎都响起一阵炸雷！这个雨巧，是这个徐总的女儿！

我干爹似乎长长地舒了一口气，站起来走到徐总的身边，说：“徐总，先冷静点，这个女孩子好像失忆了……”

徐总头也没有回，深深地看着雨巧，而雨巧也似乎因为刚才的那句话，呆呆地抬起头来看着徐总。

徐总说：“不会错，不会错，你就是妮妮，我的宝贝女儿！我是你爸爸啊，妮妮，你仔细看看我，我是你爸爸啊！”

雨巧呆呆地看着徐总，眼睛里居然湿润了，她说：“对不起，对不起，我不记得了，我不记得我还有爸爸。”

徐总的两行眼泪奔涌而出，这真是这个铁血人物根本难得一见的一幕，徐总再也顾不了那么多似的，声音也哽咽起来：“我可怜的孩子，我找你找得好苦啊！”然后一把把雨巧搂在怀里。

雨巧居然没有挣扎，过了一会儿，直到徐总把手放开，才挣脱开来，但是徐总的手紧紧地抓着雨巧的胳膊，雨巧被拉着，隔开一步，看不出来是高兴、难过还是紧张，只是把头低着，让大家都看不到她的表情，只是不断地低低地说："我不记得了，不记得了。"

徐总把手松开，雨巧则如同一片树叶，摇摇晃晃地后退了几步，靠在门框上。

徐总从怀里掏出一个小的钱包，打开摊在手上，靠近雨巧，温柔地说："妮妮，你看，这张照片，难道不是你吗？"

雨巧看着这个钱包，身体凝固了。

徐总用手指着钱包里面的照片，接着说："你看，这是我，旁边是你妈妈，是三年前我和你妈妈看你时在伦敦照的。妮妮，想起来了吗？"

雨巧缓缓地伸出手，把钱包接过来，拿在手上呆呆地看着。

徐总伸出手抹了抹自己的眼泪，把雨巧半搂着，轻轻地扶着她，向沙发走过来。

雨巧也顺从地跟着，眼睛还是呆呆地看着钱包里面的照片。

我们立即把路让开，让徐总扶着雨巧在沙发上坐下。

雨巧一坐下，就马上抬起头来看着徐总，喃喃地说："爸爸……爸爸……"

"是我啊，我是爸爸啊。"徐总还是激动地控制不住自己的情绪，"有印象了吗，妮妮？"

雨巧把头一低，细细地哭了起来："对不起，我忘了，我什么都忘了。"

徐总蹲在雨巧旁边，轻轻地拍着她的背，又从兜里掏出一个东西，是一个小熊的钥匙扣，递到雨巧的面前："妮妮，这是你最喜欢的维尼小熊的钥匙扣。我这几年一直带在身边，你看看，你看看。"

雨巧止住哭声，缓缓地伸出手把钥匙扣接在手里，眼泪一滴一滴地掉落在这个钥匙扣上面。

一片沉默，只听到雨巧低低的哭声。

然后，雨巧抬起头来，一下子扑在徐总的怀里，放声痛哭着："爸爸，我想起来了，你是我爸爸！"

徐总欣慰地搂着雨巧，双膝跪在地上，轻轻地拍着她的后背，不断地说着："妮妮，爸爸找到你了，不要害怕，爸爸来了。爸爸再也不会离开你。"

我眼睛一酸，忍不住眼睛里泪水直打转，转过身来，就看到黑狗的脸上挂着长长的两道泪痕，正咧着嘴无声地哭着鼻子。

我回避了他一下，把眼泪擦了擦。

干爹悄悄地走过去，拍了拍徐总的肩膀："老徐，让妮妮安静一下。难得重逢，别让妮妮哭坏了。"

雨巧还是拉着徐总的袖子不停地哭，徐总不断地拍着雨巧的背，轻轻地安慰她。

突然，他把脸抬起来，双眼中喷出杀人一样的火焰，熊熊的火焰把我和黑狗包围了，这种眼神，实在是太可怕了。

我一下子就从悲伤中苏醒过来，仿佛一只待宰的羊羔看着屠夫的利刃，但是居然不敢躲避徐总的眼神。

徐总一字一顿地说："谁干的？！"

我一个字也说不出来，嗓子里憋着，只剩下吞咽的能力，我从来没有见过这么恐怖得如同带着火焰的利刃一样的目光，挤出几个不成音调的音节：“不、不、不是，我们……”

干爹说：“不会是他们。”

徐总的眼神扫向干爹，居然让我干爹也吓得一愣。但是我干爹也沉得住气：“老徐，能做出让你、我和全世界都找不到妮妮的事的组织，也只有一个。”

徐总眼神一收：“A 大队！不，还有一个！”

我不知道徐总是否要说深井，但是他在这里打住了。

徐总好像悲从心来，又把雨巧抱在怀里：“我可怜的孩子，你知道吗，从你在伦敦失踪以后，我全世界地寻找你，你知道我为你流了多少眼泪，而你妈妈也……我可怜的孩子啊。你告诉我，是谁把你害成这样？爸爸一定要把欺负你的人碎尸万段！”

雨巧抬起头，说：“妈妈呢？”

徐总哽咽着：“你的妈妈已经离开我们了……”

雨巧喃喃地说：“妈妈，妈妈……”突然目光却坚强了起来，“是他们，抓黎明哥的人，那个医生！”

徐总赶忙把雨巧扶正：“是谁？能想起来吗？谁是黎明哥？”

雨巧眼神迷茫了一下：“我，真的记不起来了。只有黎明哥知道他们是谁。”

徐总说：“那黎明哥是谁？”

雨巧看着徐总：“爸爸，你要救救黎明哥，他是保护我爱我的人，他是我的老公！”

徐总把头转过来看着我，冷冷地问：“谁是黎明哥？”

我还是说不上来话，结结巴巴地说：“不、不、不知，不知道。”

雨巧拉着徐总的衣服，说：“是黎明哥把我托付给成哥他们，来保护我的。”

徐总看着我的眼神一缓，慢慢地说：“是啊，谢谢你，小赵。”

这是一个漫长的晚上，徐总要带雨巧走，但是雨巧一定要我和黑狗跟着他们，徐总似乎有些犹豫，但还是答应了雨巧。

然后徐总打了两个电话，就把雨巧带到楼上，我和黑狗则傻乎乎地坐在客厅里面发呆。

我捅了黑狗一下，说：“你是吃惊还是高兴？”

黑狗呆呆地说：“高兴。”

我说：“我也没有想到，捡了这样一个有身份的乞丐。”

黑狗说：“是啊……成哥……黎明哥是谁？”

我说：“一个神秘的人，雨巧爱着他，他也爱着雨巧。”

黑狗说：“哦，他们一定很爱很爱对方。”

我把头低下，重重地叹了口气。

凌晨一点，院子里面嘈杂了起来，很快，王姐跑下来，让我们收拾一下，有车来接我们。

我和黑狗简单地把一些东西塞到包里，黑狗拿着那个毛巾耗子发呆，我说：“不要啦！现在雨巧不会稀罕这个东西。”

我在院子里碰到了干爹，他正在跟一个看上去级别也很高的中年男人说话。干爹看到我们打了个招呼，低低地和这个中年男人说了几句，这个中年男人友善地向我们递来了目光，冲我们点了点头。

我和黑狗傻乎乎地呆站在角落，院子里也陆陆续续进出了另外几个穿着绿色制服的人。

王姐跑过来问我："看到那个陈绍民了吗？"

我摇摇头，今天晚上还真没有看到这个叫陈绍民的小保安。

王姐说："这个小鬼跑哪里去了！"转头就走了。

过了一会儿，徐总和雨巧在另外两个绿制服的陪同下出来了，雨巧穿了一件很整齐的风衣，看到我们，居然很欣慰地向我们笑了笑。

徐总向我们也打量了一下，和迎上来的干爹说："老X，真是谢谢你，打扰了，我们这就走。"

干爹说："哪里，你的事情就是我的事情。只是还要麻烦你带着小赵他们。"

徐总说："不要紧，我那里很安全。电话联系吧。"

干爹点了点头："尽快走吧，你这个动作也不小。夜长梦多。"

徐总就扶着雨巧快步向门口走去，雨巧回头向我们看了一眼，一个尾随的绿制服就已经向我们走了过来："赵同志、黑同志，请跟我来。"

我一出门，就看到门口停着四辆黑色的轿车，后面还跟着两辆卡车，院子外面则都站满了戴着墨镜的绿制服。雨巧上了第二辆车，还是不忘回头看了看我们，我不禁觉得心中一片温暖，这个雨巧真是一个好女孩儿。但是又一阵发酸，她只是为了她的黎明哥吧，才让我们跟着她。

徐总扶着雨巧上车，也回头打量了我们一眼，点了点头，示意让我们安心，并瞄了一眼后面的车。带着我们的中年男人就心领神会地将我们请上紧跟着雨巧的车。

屁股刚坐稳，就看到几辆车突然从我们旁边超过，横七竖八地挡在我们的前面，而且没有牌照。我心中一紧，糟了！

果然，能够看到这些车上迅速地下来很多穿着便衣的人，不到二十人。

他们刚一靠近，一堆绿制服过去就把他们拦住了。两边人立刻就推推搡搡起来。

坐在我前面的那个带我们上车的中年男人说："你们不要下车。"自己就推门下去了。

我把车窗摇下来一些，能够比较清晰地听见外面的声音。我和黑狗则缩在座位上不敢动。

只听到一个人吼道："谁再敢往前一步，别怪我们不客气！"

也听到对方一个人嗓门儿也很大："安全保卫部门怎么了？集团里面和地方上的经济纠纷事情，还轮不到你们说话！我们要的是刑事犯，不是商业间谍！"

然后看到一个人走出来，便衣们纷纷让开一条道，看得出他是这些人里面带头的，但是我并不能很清楚地看到这个人的长相。

只听到他说："看清楚了！"然后出示了一张纸。这张纸似乎有巨大的能量，让徐总这边的绿制服后退了几步，使得这些便衣向我们这辆车靠近过来。

我看到徐总下了车，人哗地分开一条路。令人吃惊的是，徐总并没有说话，径直上前啪的一声给了这人一记特别响亮的耳光，然后掏出枪指在他的头上，很清晰但是并不响亮地说："你活得不耐烦了。"然后看到带着我上车的那个中年男人也紧跟着徐总，掏出枪指在对方另一个人的脑门上。

双方哗啦哗啦一阵枪上膛的声音，然后是非常短暂的安静。没想到这些人居然都有枪，这个集团公司也实在是让人惊讶他们的厉害，幸好现在是深夜，路上并没有行人经过。

听到被徐总打了耳光并且用枪指着的人说："徐总，你似乎做得太过分了。"居然挨了这样一记耳光说话还能如此平静，不得不佩服燕北的水中实在有厉害的大鱼。这个人接着说，"也许徐总你的确有天大的面子，但是，直接和集团总部对抗，你这是不想干了！"

徐总呵呵地笑了："刘宗健，你带队的确气势不小。但是，你的眼界还是一只狗的眼光而已。"

刘宗健的那边一个西装革履打扮的人似乎过来打圆场："徐总，你还认识我吧。你息息怒，咱们有话好好说。大家先把枪放下。这里毕竟是市中心。"

徐总笑了笑："邓情报官，老邓，好久不见，有长进了嘛。"然后把枪慢慢地收了起来，双方这才都把枪放下。

老邓说："徐总，我们要的这两个人绝对和徐总你没有什么利害关系，为什么徐总非要这么护着他们呢？"

徐总说："我就喜欢护着他们，我看他们就是喜欢，我要他们当我的助理，你管得着吗？"

刘宗健说："徐总，犯不着为了这两个小人物得罪我们这么多部门吧。"

徐总说："哦？你给我报报到底是哪些人对他们这么感兴趣。"

刘宗健说："徐总，你不要明知故问。"

老邓也说："我这里还有一份批示。请问徐总是不是要看看？"

徐总呵呵呵笑了三声："有趣啊有趣！看来我保的人还真是炙手可热啊！A3、A4同志签了字，怎么不叫A1签字，邓情报官？哦，不，B2同志。"

刘宗健突然抓狂一样地吼道："徐德有！你再胡说八道！你不要以为我不敢毙了你！"

徐总哈哈一笑，突然语气也阴沉起来："嘿嘿，我杀你如同杀一条狗！立即给我滚蛋,否则以调查集团机密的理由全部抓起来！"

又是一阵枪栓哗啦哗啦拉响的声音，这种杀人的气息，我这个所谓的南海商界老大万万不能及其一二。我看着，听着，全身冷汗。我这个流氓商人自以为已经很厉害了，看到这种场面，才知道什么才是真正的狠角色。

正当这时，听到我干爹的声音远远地从外围传过来："不要着急嘛！"

我干爹挤进人堆，说："我说怎么回事，闹误会嘛！老邓你们也真厉害,居然让你们的人当我这里的保安当了一年多我都没发现。

赵成是我收留的，要保也是我保着，和徐总没有什么关系。”

刘宗健冷冷地说：“老X，你能不保吗？赵成的大老板就是你。”

干爹说：“呵呵，编瞎话也要看看场合。刘宗健，你以为你屁股就干净吗？”

刘宗健“哼”了一声，也不接话。

老邓说：“X总，话里有话啊。你这又不是拉家常，又不是打圆场，你到底想说什么？”

干爹说：“我不出来说话，你们就真的在我家门口开战了。赵成你们别想带走，我告诉你们，我敢让赵成留在我这里，自然有我的理由！”

干爹掏出手机一样的东西，当着大家的面拨打了起来：“王老板，我现在在他们中间。刘宗健在，邓旗在。好的。”

然后干爹把手机递给老邓。

老邓接过来，立即就背过身去，一会儿就转过身来，把手机还给干爹，说：“X总，王总说了，我们可以走，但是赵成不能离开你X总家。”

干爹对徐总说：“老徐，王老板说了，赵成就留下吧。妮妮是个懂事的孩子，她明白的！你也别太为难了。”

徐总哈哈笑了两声说：“老X，我谢谢你了。但是，赵成今天我还就是要带走，谁都别拦着我！”

刘宗健上前一步：“徐德有，除非你疯了，给你台阶你都不下！”

徐总哈哈一笑：“狗就是狗。告诉你，玉皇大帝也还有佛祖管着，你们这些狗东西只知我徐德有是负责安全保卫的，恐怕你们不知道我还干什么！”

然后看到徐总把衣服一拉，似乎很用劲，把扣子都崩开了，露出里面穿的衣服，然后指了指胸前的一个标志。他背对着我，我并不能看到徐总到底给他们看到的是什么。

在这么黑暗的晚上，都能明显地看到老邓和刘宗健的脸色变得惨白，连我干爹的脸色也是惨白一片。

老邓和刘宗健说：“对不起。是我们狗眼不识泰山，我们刚才什么都没有看到。”一下子转身过去，说道：“回去！”

这些人哗啦啦地立即就钻进车里，飞速地离开了。

我干爹还是愣在那里，徐总拍了拍他的肩膀：“不好意思，老X，你最好也忘了你看到的。我走了。”

然后转身回来，向自己的车走过去。其他的绿制服则在有序的指挥下，迅速地散开了。

徐总打开车门的时候，因为他并没有扣上衣服，又是迎着我而来，所以在开车门的一刹那，我看到他里面穿着一件漆黑的带着红色边的制服，在胸口一闪而过一个闪闪发亮的金黄色标志。

徐总到底是谁？我满脑子都是问号，他到底有什么巨大的能量？

我能想到的是让那个田书记如同吃了耗子药一样难受的词语：第二通道……

十四 和自己的相遇？

等待我的是被关押的命运，雨巧再也没有见过，我满脑子胡思乱想，想得最多的还是这个女孩子。不知道为什么，雨巧在我的心目中印象是如此的深刻。

我不企望一下子能够获得自由，这样被关着，我预感应该不会很久。

果然，第八天，转机似乎来了。整个大院显得混乱了起来，听得到凌乱而急促的一批一批人的跑步声音在院子里朝一个方向涌去。我看看窗外，还只是那个院子，什么都看不到。

而到了晚上，这种混乱的场面似乎停息了，我觉得有什么事情要发生了。

果然，九点多的时候，我的房门打开了，徐总一脸严肃地站在我的面前，他还是穿着笔挺的绿制服，看着不怒自威。

他说：“赵成，不好意思，这些天你受委屈了，现在，你跟我来。”

我被两个绿制服请出了房间，但是黑狗留在了屋内，我觉得我可能要和黑狗永别了，而黑狗也这样看着我，他也很激动。我冲他笑了笑，示意他不要激动，然后跟着徐总和几个绿制服走出了这栋房子，坐上了一辆没有牌照的汽车。

徐总坐在我的前面，另外两个绿制服则把我挤在中间。这辆车就一溜烟地开出了这个大院，疾驰在入夜的大街上。

徐总说：“赵成，你知道我们要去哪里吗？”

我笑了笑：“不知道，随便到哪里去。”

徐总说：“赵成，你难道不觉得你很特殊吗？”

我说：“没有什么特殊的地方，大家抬举，而我是个不幸的小人。”

徐总说：“也许，今天晚上，你将成为一个有幸的大人。”

然后徐总再没有说话。

这辆车开出了一个多小时，钻进了一个大院，又不断地在院中绕来绕去。最终灯熄灭了，外面一片漆黑，而车还在前进着，最后好像停进了一个黑漆漆的车库，因为有明显的回音传来。而这些人也没有下车的意思。慢慢地，这个车库好像旋转了起来，并好像移动了，然后有明显的下降的感觉。

这个车库在下降？车上没有一个人说话，只能听到自己呼吸的声音，而下降的速度也越来越快。

在一阵轻微的颠簸之后，这个车库停了下来，并在车头的方向出现了亮光，一扇门打开了。由于刚才的黑暗，我很不适应现在的亮光，直到车开出去，才适应过来。举目前望，居然是一个灯火通明的通道，这个通道很宽敞，能并行七八辆汽车，但是整个通道里什么都没有。

而这个通道，看不到尽头地笔直地通向前方。

这辆车飞驰在这条通道上，窗外传来了一阵阵空气振动的声音，看得出，这辆车给了这个通道一丝生气。我左右地张望着，只是知道这是一个水泥通道，两边的墙都是千篇一律的几步一盏灯，飞快地在我眼中掠过。

我深深地吸了几口气，打破了沉默："请问，这是哪里？我们要去哪里？"

徐总说："这里是你熟悉的一个名词，第二通道。"

我并没有怎么惊讶，这样一个古怪的通道，恐怕也只有用第二通道这个名词才比较贴切。

我说："为什么带我来这里？"

徐总说："因为，这是你唯一的一个机会。"

然后再不说话。

我不知道这个通道到底有多长，只是这样不间断地生硬地直线往前开着，最后让我都有些疲惫。而在我有点昏昏欲睡的时候，车终于停了下来。

徐总下了车，所有的人都下了车。

我往前望去，是一面巨大的石墙，而往后看，则是一条看不到尽头的通道，亮着灯光，但是如此的安静，好像是从未知的世界伸展过来的。

我没有想到逃走，这个时候能逃到哪里去？沿着这条通道逃跑吗？让我一个人沿着这条毫无生命的通道跑下去，我肯定会发疯的。

徐总和那个司机两个人在这面石墙上比画了一阵子，就听到咯吱咯吱的声音，这道石墙的中间，在徐总和司机的中间，缩进去了一扇石门，咯咯几声，一条黑漆漆的小通道就呈现在我们面前。

徐总头也不回地走了进去，并立即消失在黑暗中，我被那两个绿制服押着，也走进了这个小通道。

是如此的漆黑，完全伸手不见五指，只闻到冰冷的墙壁的味道，我们的脚步声在这条通道里面回响着，没有任何灯光，我甚至觉得我将走进地狱。

我就这样和那两个人走着，一直不停，甚至让我觉得我身边的两个人到底是不是人类，到底是不是活着的人，也许是牛头和马面？这种想法在我心中升腾了一次又一次，鸡皮疙瘩也掉了一层又一层。

这条通道似乎比前面那条开车过来的通道更加恐怖，而且也好像没有尽头。

走了半个多小时，才看到前面微微地露出光芒，终于到头了。这么黑暗的通道，真不知道徐总是怎么一个人走进去的，普通人在里面走应该不需要很长时间就会崩溃地往回奔跑。

这些人，当真是有着我无法想象的心理素质。

光芒越来越近，最后完全地展开了，呈现在我眼前的是一个非常大的大厅，而且，也看到了大厅中终于有人在活动。这些人，都穿着漆黑的制服，但是和绿制服样式完全不一样，是一种非常紧身的黑色制服，上衣和裤子裤线上，有着几条明显的红线，在黑色制服的映衬下显得格外的刺眼。

而我没有走几步，徐总和另外一个人就已经站在了我的面前。徐总已经换了衣服，穿着黑制服，在他的胸前，我终于看到了那个标志，是五颗金黄色的五角星重叠成一条直线，然后有一根红色的线条，似乎把这五颗五角星穿了起来。

徐总戴着一个同样漆黑的贝雷帽，在帽子的正前方也有着同样的一个标志。

而另外一个人，则和徐总差不多高矮，看着很威武雄壮。

徐总说："赵成，我问你一句，如果你愿意尝试我给你的一个机会，你就跟我来，不要有任何逃跑的想法。如果不愿意，请你回去。"

我哈哈一笑："我都走到这里来了，有什么不能尝试的呢，大不了脑袋落地！"

徐总说："很好。跟我来吧。"

那两个绿制服松开我，我则跟着徐总和那个黑制服走下大厅。

在大厅的中间，是一片空地，有着金属的地板，在地板的中间，有一个圆形的平板嵌在地面上，而平板的中间，也是那个五颗五角星的标志。

徐总站在这个圆形的平板上，示意我也上来。而另外那个黑制服，则走到了旁边，坐到了一台仪器的面前。

徐总说："赵成，你准备好了吗？"

我点点头，我感觉到，可能我终于能够解开一个谜了。

地板轻轻地颤动了一下，那块圆板就平缓而无声地沉了下去，我和徐总如同坠入了一个金属的圆筒，往下降去。

很快，我们又停了下来，徐总在圆筒上抚摸了一下，圆筒分开了。徐总走了下去，我紧跟着出来，身后那个圆筒又合上来。

这是一个山洞，不高，但是阴森森的。山洞四周都悬挂着乳白的灯，照得整个山洞灯火通明。

徐总还是什么话都没有说，向山洞内走去，没有走多少步就看到在山洞的一角，有一个漆黑的大洞。我一靠近这个大洞，就觉得脚下发飘，似乎自己也轻盈了起来，而且，奇怪的是，我的方向感有些丢失了，这种方向感不仅是前后左右的，而且是上下的，我觉得我好像是斜着站着，又好像是垂直站着。而且，我一会儿觉得在前倾，一会儿觉得往后倾，但是不至于摔倒，我还是能够站得很直。

徐总靠近这个洞口，对我点点头，我走了过去。

这是一个看上去不大的洞口，奇怪的是，这个洞口是斜着往下的，而且，更奇怪的是，这个洞里面有一个看上去是人工打造的楼梯，随着洞口延伸下去。

徐总说："你下去吧。"

我激灵地打了一个冷战："为什么？"

徐总说："这是你的机会。"

我说："下去就是机会，到哪里？"

徐总说："一直走下去，你就会知道。"

我说："会死吗？"

徐总说："不会。除非你自己愿意死。"

我说："我如果不下去呢？"

徐总冷冷地说："晚了，你不下去就会死在这里。"

我说："你杀了我？"

徐总说："一瞬间就会让你灰飞烟灭。"

我说："呵呵，听起来很恐怖。"

徐总干笑了一下，从旁边的一个台子上拿出两样东西，一个手电筒和一把枪，递在我手上。

我接过来，说："为什么要带枪？"

徐总说："因为你会开枪。"

我说："是会碰到什么吗？怪兽？"

徐总说："你会碰到你自己。"

我吃了一惊："什么？"

徐总说："下去吧。"

我看了看徐总的眼睛，那眼神和平时是完全不一样的，如同一潭深水，看不到尽头……

我再没有说什么，向下走去。

十五 莫名其妙的世界

我向下走去，一进洞口，就有一股冷气扑面而来，气温一下子就降低了。洞里面黑漆漆的，外面的灯光只照到几步之外。我打开手电筒，灯光很强烈，照得前面的道路很清楚。这个洞往下延伸着，但是同样看不到尽头。

这似乎是一个天然的石洞，但是墙壁却显得很光滑，上面有一圈圈的波纹一样的印记，我伸出手摸了摸，很平滑，而且很干燥。我向下沿着台阶走出去几步，寒意更甚。不知道是我胆怯了还是怎的，我握着枪的手心有了细细的汗珠，不禁回头看了一眼。

徐总正站在洞口，眼睛一眨不眨地盯着我，看到我回头居然嘴角上扬，好像在笑。我把头立即转回来，把我当孬种看吗？我还真不相信有什么东西能够咬我不成。

尽管是这样给自己鼓起勇气，但是说不害怕肯定是假的，只是有人能够克制住自己的恐怖，我应该就是这种人。

台阶很干燥，走在上面发出轻微的沙沙声，尽管并不是很宽，但是走起来并不困难，而且坡度也不是很陡。

我逐渐地深入进去，越来越深，再回头看，已经没有任何的光亮了，我已经完全沉没在黑暗之中。这条通道静得可怕，越往下走，我耳边只能听到自己脚步摩擦地面的声音和自己的喘气声。我几次都想停住脚步，回头跑上去，但是，我还是咬牙坚持了下来。

奇怪的是，空气中的寒意并不是很浓重了，反而逐渐地温暖了起来，这让我的心情略微地好了一点。而且，干燥的墙壁也给人一种踏实的感觉。

不过，我刚到洞口时的那种方向感丢失的感觉越来越强烈。这种感觉非常的奇怪，越往下走，我自己都有点迷糊了，我到底身体是倾斜的还是垂直的？越往下走，这种感觉达到一种自己都混乱的程度。我到底是横着在走路，还是在倒着走？我只知道我在往前走。

台阶没有了，脚下的碎石头开始增多，但还是很干燥，那些石头都像被砸过一样，很细密整齐地铺在地上。而因为没有台阶了，我连我到底是往上走还是往下走都搞不太清楚了。

我明显觉得我好像在倒挂着走路，但是又不像，我身体又没有倒吊着的感觉，重心还是在脚下面的地下。

我现在只能说我在向前走，没有后退，到底是往上还是往下，根本弄不清楚了。这样的感觉一直延续着，直到我看到前面有一道亮光射过来。

再走近点，发现是一道和我的手电筒差不多的光发射出来，奇怪的是，我只要一动我手中的手电筒，那道光也同时动着。我越走越近，这道光也越走越近。

直到很近，我突然发现，那道光发出的地方，是一个人！的确是一个人！

这么长时间的行走，我本来已经做好碰到任何奇形怪状的东西的准备，但是现在，我看到的是一个人！这让我汗毛一下子竖了起来。

而且，我往前走着，这个人也在往前走着，我大喊一声：“谁！”也听到对方喊了一声谁！这个人不说话，我听到的是回音。

我停下来，他也停下来，双方隔着大概有二十米远的距离，周围的空气我感觉到也黏稠了起来，很古怪的黏稠，像是空气中有一种漂浮的胶状物质。

我用手电筒上下照着对面的这个人，这个人也照着我，让我始终看不清楚对方的样子。我手电筒上移一下，对方也上移一下。我说话，他什么都不说，我只能听到从那个方向上传来的回音。

我就这样和这个人对峙着，慢慢地摸出了手枪，不管这个人是不是地狱来客，我给他一枪看看他又能如何！不过，这种对峙让我觉得脑门发亮，那黏稠的空气又让我排不出汗一般，整个心都揪着。

我喊了一句："你吓唬我吗？你再不说话老子一枪崩了你！"说这话的时候，我已经是声嘶力竭。

对方还是不说话，我大吼一声，冲着那个人连开三枪！啪啪啪三声枪响，却又传来嘭嘭嘭的三声爆炸的声音！我举着手电筒，也举着枪，愣了一下，从三声爆炸在空中绽放的火花来看，难道三颗子弹击中了什么东西？对方也是在那里愣住了。

不会是他也发射了三颗子弹，和我的子弹碰上了吧？想到这里，我突然灵机一闪，难道，对面是镜子？但是从我对立体事物的判断来看，那并不是镜子。那么，是我的幻觉吗？也不像，周围的一切感觉如此的真实，声音、光线、震动等，这并不是幻觉。

那么，难道是空气搞的鬼？这种黏稠的空气有镜子的作用？但是刚才那空中的爆炸又是什么？我把手电筒射向洞顶，对方也把手电筒射向洞顶，我把手电筒沿着洞顶往前照，对方也将手电筒往前照，终于光圈碰到了一起，两个光圈居然像实物一样碰了一下，然后无法前进了，这并不是说我手动不了了，而是光线不再能照在洞顶上，而是往下走了。

我又往前走了几步，对方也往前走了几步。我拼命地吞咽着自己的口水，举着枪，一会儿抬头看看手电筒光线照耀的地方，一会儿往前看和我同样走过来的人。

我们两个越来越近，这个时候，从洞顶上反射下来的光，让我能看到对方。

是一个人，是一个和我一样举起枪的人，而且，他的动作和我是镜像的，就如同镜子中的我。有生以来，我第一次思维混乱到了极点，那个人是我！绝对是我，但是，他只是和我是相反的！绝对不是镜子，我用我一切的物理常识来告诉我，这不是一面镜子！

我再也说不出话，一小步一小步地向他走过去，他也向我走过来，周围的空气每走一步都会黏稠一分，到最后我觉得空气已经变成了稀饭一样的黏稠的物质，黏在我身上，以至于往前走都如同在往一种胶体里面钻，不过这种胶体是无色无味无形的。

最后，走到如此的近，以至于我伸出手都能够把这个人碰到了，我才停了下来，而且，我也走不动了，前面如同有一道无形的软软的空气墙把我挡住了。

我似乎能够听到对方发出沉重的喘息声，而且我也同样在沉重地喘息。由于接近，手电筒反射过来的光线也能够清楚地看到对方了。

这个人，就是我！我确定就是我！

我慢慢地把枪举起来，对方也慢慢地把枪举起来，我用枪口对着他的鼻尖，他也用枪口对着我的鼻尖。我如同呻吟一样说：“你是谁？”我能够清晰地听到和看到我在说你是谁的时候，他也在说你是谁。

我把枪往前伸，他也把枪往前伸，最后两个枪口都要对上了，却再也前进不了一分一毫了，但是枪口并没有挨着，中间只是如同镜子一样空着一点点的距离。

我弯下腰，把手电筒放下，伸出手，对方的动作也完全和我一模一样。就这样古怪的，我的手和他一样慢慢向同一个方向接近着。

直到不能前进，我的手指和他的手指只隔着一点点的距离，并不是中间有个镜子一样的实物，而是感觉到一种能量，阻止着我，不让我前进分毫。

我手指如同在镜子上移动着，而他也一样，这完全就是一面镜子的感觉，但是我的理智告诉我，这不是一面镜子。

我觉得我要疯了，我真的觉得我是不是精神错乱了，这一切太过真实，又如此的骇人听闻，我见过人被手枪打得脑袋开花的场面，但是现在，我的意志根本无法控制住。

就这样，我意志越来越混乱，甚至身体都有点发软，要不是那种黏稠的空气托着我，我真的会脚一软跌倒在地。

意识尽管越来越混乱，但是有一种想法却在逐渐地升起，它在暗示我，穿过他！穿过他！这个潜意识一样的感觉越来越浓烈，让我居然又默默地手上使劲往前伸，想接触到他的手指。

越来越强烈的暗示让我穿过他，我不禁低低地呻吟了起来，不，我不可能穿过他，不可能的！但是，我的手指居然前进了，一分分一毫毫地在前进！最后，我居然碰到他的手指，能够感觉到他手指的温度！

在碰到的一刹那，突然在我们手指之间展开一个什么东西一样，迅速地横向扩大了，并蔓延开来，甚至穿越了我的身体，将我包围住了。

我和他的手指在触碰到之后，融合了……

这股能量推动着我，往前趴了下去。天啊，我该如何形容这种感觉！我的手在融合的过程中，我能触摸到他的血液的流动，他的肌肉、骨骼。而他的手也在我体内的血管里、骨头里穿越着。我的手穿越过去，离开了他的身体，而我也清楚地看到，从我胳膊的里面，钻出了他的手，而且还在动，我握了一下拳，对方的手也握了一下拳。

而能量也拉着我和他更紧密地接触着，不要，不要！我极力地想挣扎着不要发生这一切，但是，能量如此之大，我被牵引着往前移动，然后，我的肩膀、胸膛和他的肩膀、胸膛接触上了，都在彼此地穿越。

当我们的心脏碰在一起的时候，我能感觉到他的心脏激烈地跳动着，血液在奔流着。然后，是我的头和他的头也碰到了一块儿，我恐怖地张大了我的嘴巴，天啊，他的眼睛和我的眼睛越靠越近，我瞪大着眼睛，在眼球即将碰到的一刻，我闭上了眼睛，我的头和他的头融合了，我能看到无数的光线，如同闪电一样在我眼前闪过，脑袋里嗡嗡嗡嗡地响着，而且也没有了空气，我在穿越他的大脑，而他也在穿越我的大脑。

直到这种电光消失，我才把眼睛睁开，我的大半个身子已经在“这边”了，我能看到的是他的脚还在“这边”，而我的整个身体已经过来了。很快，这能量牵引着我，让我最后迈出了一小步，以至于最后完整地站到了这一边。

我全身剧烈地颤抖着，待在原地一动不动，刚才的那一幕让我的神经几乎到了崩溃的程度，身体里的血液仿佛都倒流了，所有的肌肉感官都好像并不是自己的。

我能感觉到这股能量在穿越了我的身体以后，收缩了起来，最后好像消失在一个点里面。

我慢慢地回过头，看到他也慢慢地回过头，他的表情也是如此的慌乱和惊恐，是否和我的表情一样？我看着他，往前走去，他也看着我，往前走去。

然后，我大叫一声，抓起地下他的手电筒，玩了命地迈动双脚往前奔跑起来，满嘴发出含糊不清的嘶叫声：“啊——啊——”

前方的空气逐渐没有那么黏稠了，在我疯狂地奔跑出几十米后，又恢复了最开始的洞里的状态。我再也控制不住，摔倒在地，靠在墙上大口大口地喘气，天啊，天啊，刚才我到底发生了什么？

我举起手电筒往回去的路照了一下，再也没有光线和我一样射过来，仿佛刚才的一切没有发生过。我就这样喘着气，没有任何思考能力地坐在地上很长时间。

直到觉得自己恢复了一点理智，才站起来，慌慌忙忙地向前跑去。我根本不敢再回头，我只敢往前跑，跑了很久才又由于紧张和体力不支摔倒在地。

摔倒以后，我那种没有上下左右的感觉好了不少，我现在能够明确，我在往上走。

我又在地上喘了半天，才站起来，往前走去。

我可以确定，自始至终我没有退后过一步，但是，我现在是在往上走。

我加紧往前走着，又开始出现了台阶，但是台阶是往上的，我也管不了这么多，往上爬去。爬了很久，终于看到了前方的尽头透出的亮光，于是越发加快了脚步，我终于可以出去了！

快接近洞口的时候，我的意识才真正地清晰了起来，有了思考能力，我现在是原路返回了吗？

还是走到了这个洞的另一端，那另一端是什么呢？全部都是我，还是地狱，还是天堂？

经历了洞中和自己相遇的一幕，并且穿越了过去，这种恐慌还在我心中盘旋着,我到底发生了什么？身边的一切都是如此的真实，似乎并没有任何的不同。

我盯着洞口，如果看到的是徐总，他会怎么说？如果是一个未知的世界，我该怎么办？我盯着洞口想象着即将可能发生的情景。突然又觉得很熟悉的感觉，刚才从穿越自己以后的一切，好像都发生过，都经历过，直到现在。而奇怪的是，我的思维并没有在现在这个点上被打断，而是突然前进了，我能看到徐总站在洞口，眼神微微发出光芒，看着我说："你从哪里来？"到这里就终止了。这感觉非常的真实，难道是我的想象力吗？

我把注意力离开洞口，刚才的想象让我的头很疼也觉得很累，于是将注意力放在脚下，一心一意地往上快步地爬着。

终于走出了洞口，眼前一片光亮，等我适应了过来，才发现，还是在我下来的那个山洞中。徐总则站在一边，看到我以后，眼神微微发出光芒，看着我说："你从哪里来？"

我什么都没有想，看到徐总的第一感觉是如释重负，终于不是未知的世界，而是我的出发地。于是并没有搭理他，摇晃了几步，喘着粗气一屁股坐在地上，靠着墙壁。

徐总并没有说话，只是仔细地打量着我。我也没有理他，直到呼吸平稳了一些，我才抬起头，看着徐总。没有想到我一看徐总，徐总居然吓得退后了两步，眼神中露出惊恐的神态。

我说："我从哪里来？哈哈，我从这里下去，从这里上来！"

徐总目光一冷："你没有走完，就上来了？"

我说："我怎么知道，我没有后退一步。直着走过来就是这里。"

徐总追问道："那你在里面碰见了什么没有？"

我顿了顿，徐总已经追着说："碰见了什么？"

我说："别着急，我碰到的事情，我要想想怎么和你说。"

徐总说："就把经历如实地说就是了。"

然后，我组织了一下我的物理知识和语言，说："下面黑乎乎的，走到一定程度，觉得没有上下左右的感觉了，然后，空气黏稠了起来，走起来很费力。然后，我看到了一个人。"

徐总说："谁？"

我说："你不要以为我在胡编乱造，我说的都是真的。"

徐总说："不会的！你看到的是你自己吗？"

我说："是！是看到了我自己，你相信吗？我看到我自己了，而且，不是在镜子里看到的我自己。"

徐总说："讲下去，你看到你自己了以后怎么样了？"

我说："我，和他交换了。"

徐总说："交换？"

我说："不知道怎么解释，我和他融合了，从他身体里钻进去，然后又钻出来。好像我们两个都是水做的人一样。"

徐总沉默了一下，说："为什么会融合了？"

我说："不知道，就是融合了。唉……然后我就一直往前，没有想到回来了。"

徐总说："好。我知道了。"然后转过身去，把衣领揪起来，说道："黑色体系。"

我正觉得奇怪，这个山洞就哇啦哇啦地低低响起来，滴……滴滴……滴滴滴……滴……就这样重复着。非常刺耳。

我站起来，本来想问徐总到底发生了什么，我算是完成了任务还是没有完成，但是看到徐总满脸严肃的样子，还是打住了，缓缓地爬起来，坐在洞口不远的一个石墩子上。

我下来的那个圆筒又打开了，几个穿着黑色制服，但是戴着黑色头盔的人跑了出来，直接跑到我的身边，将我扶起来，我说："干什么，你们？"

徐总说："我们将用全世界最严密的方式来保护你。你不用担心。"

我说："是要把我关起来吗？是要杀了我吗？要杀就杀废什么话。"

徐总没有说话，那几个戴着黑头盔的黑制服还算是很小心地把我控制住，带我走进圆筒，升了上来。

我一到地面，就被吓了一跳，本来安静的大厅忙碌了起来，除了滴滴声以外，人来人往，不知道什么机器在轰鸣着，大家看到我，都很紧张。我还没有什么反应，就被套进一个逐渐充气并在变硬的肥大的衣服中。

紧接着，他们把我弄进一个看着很柔软的房间里，这个房间色彩搭配得很舒服，然后固定在一个座位上，就走了出去，并把门锁上了。

我高声怒骂他们的祖宗十八代，就听到我头顶上传来一个声音："这里很安全，一会儿衣服柔软下来后，可以自己解除。"

果然，我这个衣服慢慢地漏气，我挣了挣，手就脱离了出来，三下五除二地就把这个外衣脱掉了，狠狠地丢到一边。

这个房间真的很不错，如果不是被关在这里，我一定以为这是个现代派的房间，家具一应俱全，而且看着都是质地非常好的材料，反射着柔和的房间的灯光。

十六 A 大队的问题

很奇怪，这个房间有一个叫云霞的女人的声音不断地和我沟通交流，并尽量地满足我一切的要求。这里是个有求必应的地方，除了我不能见什么人以外，我想吃什么都可以吃到，动作很快，我想看什么电视电影也都能满足，反正一切和个人有关的物质生活，都能够满足。

这让我待在这个房间里并不感觉到沉闷，时间也过得很快。

直到第八天才终于听到门被打开的声音，我这几天被养得懒洋洋的，连逃跑的事情都想得少了，如果把我在这里关上一年半载，加上云霞陪我说话，我真不知道我到底还有没有逃跑的想法。

门打开了，我也没有想会怎么样，还是躺在床上吃东西看电视，连头都没有抬一下，不过看到进来的人穿着和我进来的时候几乎一模一样的衣服，看上去像个粽子，而且小心翼翼的。他们中一个人说话了，居然是通过传声器发出来的声音：“你好，现在你能配合我们离开这个房间吗？”

我翻身坐了起来，能出这个房间，我还是比较兴奋的。自己在这里待着都闷出病来了，把衣服换了一下，大大咧咧地说：“走吧，去哪里？”

这些人还是很客气地说：“请跟我们来。”于是，我在他们的簇拥下，离开了这个房间，并被带到一个房间被人用各种仪器检查了一遍，才让我自己从一个玻璃房间中走过去，到了另一个房间。

这个房间的人都穿着正常的衣服了，但还是那些黑制服的打扮，我一出来就看到徐总正站在不远处冲我笑着，这个表情真的是从来没有见过，看上去比刚在干爹家见到他的时候更加真诚和平易近人。

一些黑制服站在我的身边，徐总也走了过来，满面笑容地问我：“感觉怎么样？”我说：“托你的福，这两天过得很不错。”徐总说：“你叫赵成吗？”我哈哈一笑：“徐总，我不叫赵成叫什么呀？”

徐总点点头：“好的，请跟我来，好吗？”

然后带着我往前走去，跟着我的人都是非常恭谨地和我保持着距离，这让我觉得我好像又有在南海的派头了。

我穿过几个房间，坐上一部电梯，上面只有一个数字 2，于是很快就到达了。

我下来一看，是一个半球形的大厅，大厅正中央，摆着一张巨大的会议桌，一侧坐了十来个人，看起来年纪都很大，看到我都微微一笑，显得都很和气。

我坐在他们的对面，徐总坐在我旁边，其他的人则站在我俩身后。

我这个时候才仔细地打量了对面坐着的那些人，一共是十二个，有些人的面孔非常的熟悉，我仔细一想才大惊失色，有的人是电视上经常出现的干爹所属大型集团的最高级人物！！我开始不敢想，但是确定就是他们之后，觉得背心一阵发冷。来一个我都可能受不了，何况一下子来了十二个。

其中正对着我的一个戴着眼镜的很和蔼的六十岁上下的人看到我有点吃惊，对我笑了笑，很浑厚地说："你好，赵成，你认识我们吗？"

我如同小鸡啄米一样冲他点点头。

他还是笑了笑，很和蔼地说："现在我们在这里，你可以叫我A1。坐在我旁边的是A2，这是A3……"他居然一个一个地给我介绍了一遍，从A1到A12，全部到齐了。每个人看着我都很客气地笑了笑。

然后他说："我们统称为A大队，是由十二个人组成的。是我们集团发展战略的最高决策部门。"

我只觉得我下巴都要掉下来了，这里面任何一个，都比我干爹要厉害得多了，我干爹在他们眼中只是一个不大不小的官员而已。

我说："你好，你好。"明显的，我的舌头都不听话了。

A1旁边的A2说："你能不能把我和A1的名字写出来？"

我点点头，徐总则麻利地递给我一张纸和一支笔，我好像都不会写字了，颤颤巍巍地在纸上写下他们的名字。徐总把纸推给 A2，A2 看了一眼，传给了 A1，同时也点点头。

A1 欣慰地笑了一下，说："赵成，你能再讲一下几天以前你在洞里的情况吗？"

我喘了两口气，果然还是和那个洞有关系，于是我整理了一下自己的情绪，慢慢地把在洞里的情况一点一点很仔细地说了出来。

这些 A 级别的人员，都非常仔细地听着我讲的这个我自己都觉得乱七八糟的故事。

等到我讲完了，A1 才又笑了笑，说："你觉得现在这个世界有什么不同吗？"

我吃了一惊，这是什么意思，什么叫现在这个世界有什么不同？我简直摸不着头脑。的确不同，我居然碰到这些人，还和我面对面坐着。

A1 似乎看我回答不上来，看了旁边的 A3 一眼。

A3 从口袋里面掏出一副扑克，拿在手里，笑眯眯地问我："赵成，请问，我将拿出几张纸牌，你觉得有几张，写在纸上好吗？"

这是什么问题，我怎么知道他将能够拿出几张牌。这不是故意刁难我吗？我如果答不对，是不是要把我从人间消失啊。如果他不拿出来呢？

徐总把纸和笔拿过来，摊在我面前。真的要我写啊。

我抬起头看了看 A3、A2、A1，A1 向我笑眯眯地点了点头。

我盯着 A3 手上的纸牌，天啊，我怎么可能知道，怎么可能？

于是我所有的注意力都放在A3手里的纸牌上，拼命地想他到底要干什么，要拿出来几张，一张？二张？三张？

而这样想着，我又突然觉得，从我进到这个会议室事情好像就经历过，而且直到现在的这个我盯着纸牌的场面，到了这里，思想就停住了。但是我越注意，越觉得好像突然思想走过了现在，大脑中出现了一些景象，很真实，一点都不像假的，我看到A3的桌面上摆着五张牌，A3正目光严肃地看着我，A1则露出了若有所思的笑容。然后，这些景象消失了，时间大概是两秒钟。

我看了看他们，又回忆着我刚才看到的景象，于是在纸上写下汉字“五”。徐总看我写完，马上就把纸拿过去，立刻折叠了起来，牢牢地压在手掌下面，眼睛眨都不眨地看着对面的人。

A1还是笑了笑，A3则目光一直没有离开那张纸，他好像非常想看到纸上到底写着什么数字。过了一会儿，A1向A3示意了一下，A3开始拿牌出来在桌子上面放，整齐地摆着，我的心也跟着跳动起来。一张、两张、三张、四张……我的表情也凝重起来，是不是要放五张呢？我的脖子伸着，看着纸牌，一张一张地数着。

第四张刚放下，徐总突然喊了一声：“等等。”A3手中正捏着第五张牌，于是停在空中。徐总说：“不好意思，赵成的表情大家能看到。”

A3还是把第五张牌举在空中，说：“徐总，你太过小心了吧？”

徐总笑了笑，说：“A3，你能承担未来不一致的责任吗？”

A3说：“好吧。”

于是徐总挥了挥手："把他脸蒙上。"于是一个人掏出一个袋子，对我说了声："你能看到外面，外面看不到你。"就把袋子套在我头上了。我的确能看到外面，但是很模糊，这个袋子也真够高科技的。

徐总说："开始吧。"

于是A3开始把第五张牌缓缓地放在桌面，然后又抽出了第六张牌，举在空中。我紧张极了，如果他放下第六张牌，那么我的答案就是错误的。如果错了，他们会对我怎么样？如果对了呢？

A3打量着所有人的表情，并认真地打量着我，他应该看不到我的表情，这个时候我的表情是双目圆睁，那样子就是怕他把第六张牌放下。幸好徐总给我套上了袋子，让他们看不到我的表情。

A3慢慢地把第六张纸牌打算放到桌子上，我有点颤抖了起来。A3突然笑了笑，把第六张牌收起来，说："结束了。就这么多。"

我的袋子被徐总一把拉下来。我看着桌子上的五张牌，不知道是高兴还是诧异，我竟然猜对了。

A1很客气地说："徐总，可以看答案了吗？"

徐总笑了笑："可以了。"

我确定徐总就是第二通道的人，而且应该就是第二通道的头头，但是为什么徐总好像对A大队的人满不在乎的样子，而A大队的人又对徐总好像又敬又怕？但是坐在一起，又不觉得他们到底有什么矛盾。

A3说："徐总，上次不是针对你的。请不要放在心上，要不是我们发现赵成有问题，你也不可能让他进第二通道的。"

徐总说："这些我已经忘了。"

然后徐总把他手上的纸打开，出示给这十二个人看。A3 低低地“啊”了一声，目光严肃地看着我，A1 则露出了若有所思的笑容，桌子上摆着五张牌。

A1 说：“很好，赵成，也许这是你的幸运猜想。徐总，可以进行下一步吗？”

徐总点点头：“可以。不过，今天只能下一步做完就中止。”

A1 说：“我们一定不会乱来的。你放心。”

然后，A1 按了一下桌子上的一个按钮，桌子上就升起一个巨大的有五个电视屏幕的台子，上面都播放着一个画面，画面中是一个热闹的大街，车来车往，但是不知道是什么地方。

然后 A1 问我：“请仔细看这个画面中的这个地方，请问，这里将发生什么呢？请写在纸上。”

怎么又是这种问题，难道他们当我有预言能力吗？不过，我还是很仔细地看着这个画面，这里将发生什么，这么车水马龙的，除非是撞车，才有可能发生什么。徐总已经把纸和笔推到我的手边，我还是聚精会神地盯着看，将发生什么呢？

很快，那种似曾经历过的感觉又来了，这次，我顺利地度过了现在，看到了在大马路中间，有辆车停着，一个人正举着一个大牌子站在车顶上，牌子上有个大大的 3，我还能听到满街的喇叭声，到这里我的思想又回来了，还是大概看到了两秒钟的景象。

我立即把笔拿起来，在纸上写下：马路中间，一个人站在停着的车上，举着一个上面写着数字 3 的牌子。我一写完，徐总还是老样子把纸拿过去，迅速折叠了一下，压在手掌下。

A3 把眉头一皱，从怀中拿出一个仪器，按了一下，然后又盯着画面。

我也紧紧地盯着画面，大马路上谁会发疯像我纸上写的这样干?

不过，不到一分钟，一辆车猛地一个打横，居然停在了画面的正中间，一个人快步地从车中跳出来，爬到了车顶上，车里有另一个人给他递了一个大牌子，牌子上写着 1，过了大概一分钟，换了一个牌子，上面写着 2，又过了一分钟，牌子上面写着 3，我吃惊不小，不禁用手指了指屏幕。大家也都向我看来!

我挺激动地喊着：“3！”

我看到 3 出现的时候，就已经足够吃惊了，天啊，我又猜对了吗？大家看我这样的举动，目光都往徐总的手中看去。徐总慢慢地把手松开，把纸摊开，递给了 A1，A1 接过来一看，马上传给了 A2，A2 又传给了 A3……

然后徐总缓缓地说：“大概是四分钟内的，两秒左右的事件吧。”

A1 点了点头，说道：“很好！”然后站起身来，头也不回地离开了座位。

剩下的人也都陆续地站起来，A3 走的时候说了一句：“徐总，功劳不小啊！”又重重地“哼”了一声，才离开座位，跟着大家离开了。

我呆呆地坐在座位上，到底我怎么了？到底我知道了什么?

徐总看人都走出去了，对我说：“赵成，你可能不属于我们这个世界。”

十七　第二通道的天平

我看着他，这句话我没有听懂："什么？"

徐总挥了挥手，示意站在他身后的黑制服们退下，那些黑制服非常训练有素地离开了这个房间，连离开的动作都相当的整齐一致，如同几条黑色的阴影，眨眼就不见了。

留给我们的是一个偌大，但空空如也的会议室。

徐总笑了笑说："你可能也不能理解，你来自另一个和我们平行的世界。"

我还是一头雾水，我承认我并没有念过什么书，文化水平还停留在初中生的阶段，我说：“我来自另一个世界，那，那这是哪里？”

徐总说：“在你看来，并没有什么不同。你知道我们为什么叫第二通道吗？”

我说：“不知道。”

徐总说：“因为我们掌管着一个通道，这个通道是连接这两个世界的奇点，所以叫第二通道。”

我还是不太清楚，问：“但是，我的确没有什么这是另一个世界的感觉啊。”

徐总笑了笑：“你不会有什么感觉的，但是，你难道没有发现，你能够看到未来吗？”

我说：“这……算什么呢？”

徐总站起来，背着手站在我的身边：“你和原本我们这个世界的赵成互换了，所以，你们两个都在这个世界有思想跨越时间的能力。”

我咀嚼着徐总的话，我只知道他说的有一点我明白了，我的思想能够跨越时间，看到未来，这种体验的确是我以前从来没有过的。

但是，就凭这一点，就让我认为自己并不属于这个世界？似乎也太夸张了。

我看着徐总，也说不上来什么。

徐总看了我一眼，说：“另一个世界的你和我也在说着同样的话，干着同样的事情。但是，你要知道，你来到这里，将对这个世界产生多大的影响吗？”

我说："不知道。"

徐总说："你能够准确地看到不可逆转的未来，哪怕只是四分钟的未来，但是这四分钟后的未来如果被任何一个国家控制，这四分钟内可以发生的事情，世界的天平都会发生逆转，所有的经济、政治、军事都可能因为这四分钟而改变。"

我深深地吸了一口气，说："所以，我刚才看到了 A 大队。"

徐总说："是的，防止狂人利用你的这种能力，这就是第二通道存在的价值。我们是隐藏于这个国家所有的政策法律体系之外的，却又能做我们希望做的事情，刚才 A 大队全体驾到，也是因为他们也在互相制约，我们作为第二通道，是和整个集团，甚至国家保持着一种奇妙的互相依赖的关系。"

我说："所以，你们保护我？"

徐总说："是的，还有一个组织应该在这个世界也可以保护你。"

我说："谁？"

徐总说："深井，也叫神山。据我所知，世界上绝大多数的奇点都在他们的控制下，但是他们并没有利用他们的这种控制力来颠覆世界，原因不明。"

我说："那你们和深井是什么关系？"

徐总说："对立又统一，我们依赖他们，他们也依赖我们，如果我们第二通道的人不存在了，他们可能会和 A 大队爆发全面的战争，谁也无法估量破坏将达到什么程度。"

我说："但是深井和 A 大队接过招，有直升机投入。"

徐总说："那还叫战争吗？为了一点局部利益的冲突而已。你对深井来说的确很重要，因为你身体里有王太岁，你是深井培养起来的能够穿越奇点的人。两个世界，只有太岁能够轻易地穿越奇点。所以，据我们现在掌握的，作为人类，只有你这样身体里有王太岁的人，才有可能穿越奇点。"

我说："那……这个世界还有我这样的人吗？"

徐总看着我，表情变得很奇怪，有种淡淡的忧伤："有。所有深井的主脑都是穿越过奇点的人。"

我说："没有我这样的吗？"

徐总说："在中国还有一个，就是我的女儿，徐妮，就是你说的雨巧……她也是和你一样，来自另外一个世界。"

徐总说到这里，声音竟哽咽了起来，眼神游离着，不知道是悲伤还是后悔。

我没有说话。难道，我和雨巧竟有同样的走过第二通道、穿越自己的经历？

这是缘分，还是巧合？

我看着徐总，慢慢地说："那，我们还能回去吗？"

徐总说："你可以，但是她回不去了，我真正的女儿也回不来了。"

我说："为什么？"

徐总说："她身体里的王太岁应该被取出来了。她将永远在这个世界生活下去。"

我说："谁给她植入的王太岁？谁取出来的？"

徐总的脸色变得很差，似乎脚有点发软，用手用力按着我的椅背，低低地说："是我植入的……在她很小的时候……我以为没有人知道……但是……她回到英国就失踪了……现在她的身体上有着巨大的伤痕，那只可能是王太岁被强行取出的伤痕……我……对不起她……"说完，徐总把脸捂起来。

这个徐总毫不掩饰自己的情感，倒让我觉得他和我的距离被拉近了。徐总应该是一个性情中人，看到他两次情感宣泄都是因为雨巧，可以想象得到，雨巧是他心中最大的伤痕，他也毫不掩饰自己对于雨巧的事情的悲哀和自责。

我有点同情地说："徐总……"

徐总把手拿下来，表情又恢复了平时的严肃和刚毅，说："赵成，你了解了这么多，你只有一辈子陪我们待在地下了。"

我心中一颤，果然如我所料，我将再也离不开这里了。但是，我很快平静下来，想想这样也罢，我既然都不是这个世界的人了，也只能走一步算一步了。

我又被送回了我的那个豪华的房间。我静静地坐在床上，一言不发，我努力地说服自己我不是这个世界的人。

但是，我的思想无论如何也转不过这个弯。

云霞轻柔的声音问我："想吃点什么吗？"

我摇了摇头，说："我想睡一会儿。"

接下来的几天里，我都没有怎么和云霞说话，但是我一个人静静地待着的时候，精神却能够集中起来，我越来越能够轻易地看到未来的景象，听到未来的声音，包括云霞几分钟后会和我说什么。

但是，我感觉不到我自己的未来将是怎么样，我只能够看到除了我以外的未来。

我开始收看一些现场直播，比如足球和篮球，在一场比赛中，我的思维可以连续地跳跃，一结束两秒的时间，我只要继续集中注意力，就又能够看到后四分钟的事情，中间的过程也越来越短，最多的一次能够连续进行三次跳跃，每次跳跃间隔从一两分钟，到十几秒钟。

不过，对于看不到的事物，我无法看到它的未来，包括如果电视不是现场直播，也是没有未来可以看到的。

而且，我也发现，不是任何我看到的东西我都能够集中注意力看到未来的，我能够走到四分钟之后，但是那两秒钟的未来，只是一片五颜六色的色块构成的。为什么有些地方我看不到未来？这个问题我也搞不太清楚。

但是每次思想跳跃之后，我的头都会很疼，脑袋里面嗡嗡乱响，身体也发软，让我不能继续集中注意力，我不知道这是不是思想跳跃的副作用，可能任何一种事情都会有代价的。

不过，我在想，如果未来可以改变呢，那将会怎么样？如果我看到的未来一个人死去了，但是我用这四分钟的时间，让这个人在未来不死，那我看到的事情不就是假的吗？既然是假的，那为什么能够看到？徐总和我说过，我看到的未来是不可逆转的，是绝对的事实，在这四分钟内不管你做任何的努力，哪怕是一个国家机器启动的力量，也是不能扭转未来的。

我从小就听各种各样的人告诉我：未来是自己能够掌握的，你能够改变未来。但是，我现在觉得，未来根本不在自己的控制下，未来是如此的残酷，你根本不可能用自己的努力来改变。

冥冥之中，已经有一种力量决定了你的命运，你只是不知道而已。

第二通道、深井、A 大队之间的关系也让我越来越搞不清楚，这三股力量是如此的强大，却又互相纠缠在一起，似乎是打了一个死结，没有解开的时候。

我现在想见的人，只有雨巧、黑狗，甚至李胜利。李胜利还会回来吗？我是不是今生今世都会待在这里，直到死去？

对我来说时间似乎没有什么意义了，我也承认我将可能在这里一直到死。

直到不知道到底是哪一天的一天，我的门又打开了，迎面进来的是毫无表情的徐总。

徐总什么都没有说，只是挥手示意我跟他们出去，我也没有好奇地问什么，起身就跟着他们走了。

十八 黑制服

没有想到，这次是离开这里，重新回到了地面，并坐上了汽车。

车驶进了市内，应该是凌晨了，街上有些人在跑步，也有三三两两的骑自行车的人互相招呼着和我们的车交错而过，他们，这些普通的老百姓,什么都不知道,只是为了自己的生计和家庭在忙碌着。也许只有这样人才是幸福的。

车队又开进了我熟悉的那个院子，绿制服操练的声音还是如同往常。

车停下，我随着徐总走进了他的那栋三层别墅，身边的景物还是没有任何的变化，让我根本不相信我是徐总所说的，来自另一个世界，就算来自另一个世界，那么这两个世界似乎也没有任何的差别。那么，差别之处是什么，只是我有了看到未来的能力吗？

我一进楼，就立即向以前关押我的一楼房间望过去，黑狗是否还被关押在那个房间里面？想到黑狗，我又有点激动，黑狗应该还活着吧，我能否见到他？

但是我并没有被带到一楼，而是直接被带到了二楼。一行人走进了一个并不是很大的会议室，徐总坐在沙发上，示意我也坐下，其他人则退了出去。

我看着徐总，徐总也看着我，半晌，徐总才吸了一口气，说道："赵成，你知道这几天发生了什么吗？"

我摇摇头，说："不知道。"

徐总轻轻地说："A 大队发生了反叛，A3 想得到你，于是我杀了 A3，同时一起死掉的还有三十多人。你应该知道，现在你有多重要了吧？"

我说："你杀了 A3？就是因为我？"

徐总说："是的，你是不是觉得我们都是杀人不眨眼的人？是魔鬼？"

我说："可能这是你们的权力。"

徐总说："你很想逃走吧？"

我说："当着你的面，我能逃到哪儿去，如你所说的，我只要一动，你瞬间就能够让我灰飞烟灭。"

徐总说："你就没有什么疑问？"

我说："我不想知道，我就是你们的棋子而已，知道有什么用？"

徐总呵呵笑了两声，说："你好像想通了一些事情。"

我说："想通了和想不通有什么区别吗？"

徐总说："你以为 A3 想救你吗？"

我说："不这么认为。"

徐总说："好。这个世界，只有一个组织能够真正地想救你，就是深井。"

我说："哦？"

徐总说："但是，由我们第二通道来看管你，深井不会来救你了。哪怕你可能是他们未来的一个主脑。而我也和你一样，穿越过第二通道，不过，不是你穿越的那个第二通道，而是另一个。"

我说："哦，我不明白你说的意思。"

徐总牢牢地盯着我，说："如果我说，我曾经是深井，你相信吗？"

我心中还是一颤，这似乎是不可能的一件事，说："没有什么不相信的。"

徐总说："我在很早很早以前，是深井的一员，而且，我也和你一样，身体里有过王太岁。按照深井的指令，我穿越了奇点，来到了这个世界。于是，我有了做主脑的资格，而且，我的对未来的预测能力，比你更加强大。我能够看到三十分钟到一个小时内的任何一个时间段上的未来，而且是十秒钟。"

我还是忍不住露出了惊讶的表情：“你和我一样？”

徐总说：“是的，我刚开始以为，世界并没有什么不一样，但是，我发现，只有一个事情改变了，就是我的女儿妮妮害怕我，而且不爱我了，她不认为我是她的爸爸，那个时候，她才七岁。”

我默默地听着，并没有说话。

徐总看我不说话，继续说：“我不知道为什么会这样，这让我非常的痛苦，于是，我做了一件深井禁止的事情，就是擅自给我的女儿也植入了王太岁，想让她穿越第二通道。我想，如果这样做的话，那个原来世界里爱我的女儿就会回到我的身边。本来王太岁的培植时间应该和你一样长，需要二十多年，但是我实在忍不住，利用自己深井 3 局主脑的身份，让她穿越了，而且成功了，但是我又错了。来到这个世界的妮妮，还不是我希望的那个女儿。”

徐总看了看我，我还是一言不发，于是他接着说：“这是真的，请你相信我。但是，我这个举动，最终让深井的总部发现了，他们要清除掉我，以及我的女儿。我背叛了深井，那个时候，我已经是集团的安全保卫总长了。这个世界是很捉弄人的，不知道为什么，第二通道组织出现了，保护了我，并和深井达成了一致，我活了下来，但是体内的王太岁被销毁了，我的预知能力也消失了。可笑的是，我居然成了第二通道的掌舵人。也许，我本来就是深井的叛徒，也许，我也是穿越过第二通道的人，所以这个世界才会这样捉弄我。但是，妮妮却在英国失踪了，我一直怀疑是深井和 A 大队干的，不过，从你出现后 A 大队的反应来看，只可能是深井干的，他们是在惩罚我。我想报仇，消灭深井，但是，我也知道这是不可能的，因为深井之深，几乎是没有底的，我不可能做到。我只能在第二通道掌舵人的岗位上，保持着深井、第二通道和A大队之间的平衡。你能了解我的痛苦吗？你能了解我的孤独吗？”

我喘了口气，说：“为什么你要和我说这么多？”

徐总站起来，看着我：“加入我们好吗？”

我不知道为什么，猛地站了起来，说：“不可能！”

徐总说：“为什么？”

我说出了一句我也无法想象到的话：“我宁肯成为深井，也不会成为你们的一分子。”我一说出来，就后悔了。我疯了吗？就算我如此的厌恶第二通道和A大队，但是这样说，岂不是把自己丢到深坑里面去吗？我只可能被徐总一辈子关起来。

徐总就牢牢地看着我，他的目光古怪得可怕，我和他对视了一会儿，低下头去。

徐总说：“是的，我们是魔鬼，但是深井是比我们更可怕的魔鬼！！你想见妮妮吗？我让你看看深井对我的女儿干了什么好事！”

徐总一说到雨巧，我的心就软了下来。她被这个世界玩弄的程度，远远地超出了我。

徐总说：“赵成，你不是也想见妮妮吗？请跟我来！”

我的双腿控制不住地跟着徐总走出了房间，来到了三楼，走进了最里面的一个房间。

徐总推门进去，一个女护士就迎上来，恭敬地对着徐总说道：“徐总，她刚起来，正在洗漱。”

徐总说："把她叫来一下。"

话音刚落，雨巧就从旁边的房间钻出来，看着徐总叫了声："爸爸。"

然后雨巧看到了我，我和雨巧对视着。雨巧脸上露出了喜悦的表情，让我心中一甜，这个小可爱，这么长时间不见，除了脸色还是惨白之外，越发漂亮了。

雨巧似乎很激动地叫了一声："成哥！"

我心中暖暖的，鼻子又有点不争气地发酸，低低地应了一声。

徐总站起来，突然很粗暴地把雨巧拉在身边，说道："妮妮，爸爸对不起你。"然后，一双大手使劲地把雨巧的衣服撕开，所有人都大吃一惊，雨巧尖叫着反抗："爸爸，你干什么！"那女护士也冲上几步，拉着徐总的衣服："徐总，不要这样！"

我的脑中一热，这个徐总在干什么，疯了吗？我也大吼一声，冲了过去，骂道："干什么，王八蛋！！"

但是徐总的力气是如此的大，雨巧的衣服如同纸片一样被撕开，整个背部就袒露在我的面前。徐总把雨巧的胳膊抓着，把她的背对着我，吼道："看到了吗，这是深井干的！"

我停住了脚步，雨巧的背上是如此的触目惊心，雪白的背上有两道巨大的十字架一样的伤痕，这伤痕是如此的巨大，几乎占据了雨巧的整个背部，这个十字架一样的伤痕，正对着我嘲笑着。我眼睛直了，从这样的伤痕来看，雨巧应该是经历了一次几乎划开整个背部的手术，而且，还不是简单地划开一道，而是进行了巨大的切割，仿佛要从她身体里找出什么东西。

我“啊”了一声，脑袋停止了思考。

时间仿佛停止了，这个可怜的雨巧，还遭受过如此的折磨吗？

我呆呆地站在原地，听到雨巧低低地哭泣了起来，全身也无力地靠在徐总的怀中，旁边的那个女护士也低低地哭了起来。

徐总还是紧紧地抓着雨巧的双臂，吼道：“深井为什么不杀了她，而让她受这样的折磨？这就是你要成为深井的理由吗？玩弄生命、玩弄我和妮妮的是他们！他们已经不是人了！”

我什么话都说不出来，那两道组成十字架的伤痕就牢牢地印在我的脑海中，挥之不去，仿佛听到有人在嘲笑我：“赵成，你只是一个玩物，全世界都是我们的玩物，你逃不掉，你逃不掉！”

我突然也吼道：“徐总，够了！”然后把自己的脸捂起来，不知道是不是我自己也哭了。

徐总放开雨巧，那个女护士赶快把雨巧扶着，拉了拉她的衣服，把她扶进里屋去了，只能听到雨巧一直在低低地哭泣着。

徐总重重地坐在沙发上，用手把自己的额头抓来抓去，不断地喃喃自语：“对不起，对不起，对不起。”

然后，他突然把头抬起来，瞪着通红但是布满了泪水的眼睛，狠狠地说：“看到了吗！看到了吗！你帮我还是帮他们？”

我已经不知道我到底是谁了。世界如同反转了过来一样，我在这个世界漂浮着，没有了方向。

十九　狂人的宣言

雨巧的伤痕的确让我心乱如麻，雨巧低低的哭声也把我的心紧紧地拉扯着，我不知道我到底应该恨谁，我至今也不是很清楚，我为什么会走到今天这一步。从南海出事开始，我从来没有想到，我这个算不上什么了不起的人，居然卷入了这么大的一个旋涡。我见到的、经历的，都是些我无法想象的事情，见到了一个个远远超出我的世界观的人，见到了权力之间的斗争，见到了骨肉亲情，也见到了只有电影中才会出现的各种高科技和尖端的武器与技术。

我看着双眼通红的徐总，不知道该如何回答，我应该如何选择？

成为第二通道的一员，还是永久地被囚禁起来？想到这里，我突然心里一跳，我如果不加入第二通道，是不是永远也见不到雨巧了？不，不要这样，我很想照顾雨巧这个女人，哪怕她根本就不喜欢我，不爱我，我也想陪在她的身边。

想到这里，我往后退了几步，重重地坐在沙发上，双手把头一抱，使劲地搓着！

徐总大声地问："想好了吗？"

我抬起头，慢慢地说："我，加入你们。"

这个世界就是这么有趣，只是因为我说的这一句话，我的生活完全地改变了。

我见到了黑狗，当黑狗看到我出现在门口的时候，从沙发上弹跳起来，把我紧紧地抱着，让我都不能呼吸。其实，我能够见到黑狗我也很激动，但是不知道为什么，我显得很平静，我拍了拍黑狗，和他坐在沙发上聊了聊。

黑狗说话语无伦次，一把鼻涕一把泪地说自己待在这里是如何如何的孤单和担心，几次都想和人拼命死了了事，但是他总觉得我不会死，所以一直耐着性子等着我。结果黑狗终于看到我了。

我告诉黑狗，我成了徐总的部下，但是并没有说自己加入了第二通道。

我和黑狗住了一整天，这个家伙的话整天都没有停过，他讲自己的过去，自己当初和我的合气公司的人打架，最后成为我的部下等在南海的日子说个没完。不知道黑狗居然也是这么能说，是不是他觉得我变了，想把过去的一切都讲给我听一遍？我有时候觉得，既然回不到从前南海的日子了，成为第二通道的人又如何呢，至少我能够稍微自由一点，而且，我是不是还有机会，带着雨巧和黑狗逃跑？

但是一想到逃跑，我几乎又绝望了，我能跑到哪里去？整个世界都是第二通道、深井、A 大队的爪牙，雨巧又是徐总的女儿，而且她现在也终于摆脱了以前乞讨的日子，我应该为她感到高兴，怎么能够再把她带走呢？既然我答应了徐总成为第二通道的一员，我赵成说到做到，反复无常不是我的人生信条，如果我是一个反复无常不守信用的人，我那帮兄弟怎么可能全心全意地跟着我呢？

第二天，我被几个绿制服很客气地接走了，包括以前对我凶巴巴的那个绿制服长官，也是对我非常客气。

我问这个绿制服长官黑狗将怎么办，他告诉我已经给黑狗安排了一个普通的集团下属企业的工作，同时也给他租了一套房子，不过房租需要黑狗自己用工资付。这应该是个比较理想的安排吧。

我被带到这个院子里面的另一栋楼里面，这还是我第一次这样在院子里面走路。

徐总正在这栋楼里面等着我，陪同他的是两个看着很威风的和我年纪差不多大的绿制服。

徐总向我介绍一个是李队长，一个是冯队长，这两个人都很客气地向我问好。

简单地攀谈了几句之后，徐总说："赵成，你需要接受一些训练，将由李队长和冯队长对你负责，不过训练很辛苦，你要理解。”

训练很残酷，也很艰苦，我们统一接送，统一住宿，但是我仍然每周能够回徐总那里一次，吃一次晚饭。每次徐总都很关心地问我训练的情况，并上上下下地打量我一番。

我每次吃饭的时候都能见到雨巧，好像是徐总刻意安排的，雨巧见了我居然有点羞涩，不知道是不是跟我上次看到她裸露的后背有关系。我一般也不敢和雨巧多说什么，尽管控制着自己不要去看雨巧，但总是忍不住抬起头，偷偷地看雨巧。这种感觉很甜蜜，和我在南海第一次喜欢一个临街的女孩子那样甜蜜，不过南海的那段感情后来就很模糊了，这个女孩子的爸爸曾经当着她的面，把我骂了个狗血淋头，说我是个小流氓，不要纠缠他的女儿，也骂他女儿是个小婊子，年纪不大就会谈情说爱，再看到她和我来往一次，就要打断她的腿。而以后，这个女孩子见到我就躲，可我还是喜欢了她两年，直到后来有钱以后，认识了一些不三不四的女人，这个女孩子才消失在我的记忆中。

看到雨巧的感觉，就如同以前喜欢那个女孩子一样，酸酸的，涩涩的，很想靠近她，又不知道说什么。我知道自己是非常彻底地爱上了雨巧这个女孩子了，我根本不愿意否认我的这种感觉，我活了这么大，知道这已经不是初恋的感觉了，而是真正的爱情。但是我不太舒服的地方就是我不知道雨巧是否喜欢我，甚至一想到李胜利，就心中堵着一般的难受。

当然，我的这一切举动，都被徐总看到了眼里，他笑眯眯的，什么都不说，似乎对我很满意。

我也见到了黑狗，不过只有一次。黑狗说他过得不错，工作很简单也很轻松，不过还是一个封闭管理的大院，要出门必须写申请，回来还要检查。我偷偷地问了他一句想不想逃跑，黑狗都是急急忙忙地摇摇头，说他看着都挺好的，他过得也不错，还是不要干些太危险的事情，除非我想跑。我会笑笑说我也挺好的，就这样待着吧。

黑狗也看了雨巧一眼，这小子应该还是非常喜欢雨巧的，哪怕只是雨巧从我们身边走过，黑狗眼睛都像要跳出来跟着雨巧跑去。很不幸，他没有我这个运气，能够和雨巧吃饭，这倒让我放心了一点，雨巧对黑狗的印象应该远远小于我。

我们的训练也从地上转到了地下，在地面上的训练，都是在重重的保护下进行的，因为很明显，我们训练的室外场地周围，不仅是到处悬挂着严禁入内的标志，同时也是三步一岗，五步一哨，还有大量的绿制服密集地在外围巡逻。转到地下之后，相对来说则没有这么明显了，但也是二十个人需要一个一个地接受一遍全身检查，再一个一个地通过一个发着红光、不断向我们喷出气雾的仪器，然后才在冯队长和李队长的带领下，穿过四五道铁门，才能够到达地下的训练场地。

地下的训练是一些操作机械、团队作战、指挥调度以及近身的格斗，几乎与实战一般的激烈，中间有人被淘汰了，再也没有出现。

我还是能够每个星期见雨巧一次，这是最让我激动的时刻。徐总有时候会吃两口饭故意似的离开座位，留下我和雨巧两个人。我不失时机地对雨巧废话连篇，其实也说不出什么特别好玩的，我很少讨好女人，但是对于雨巧我都是挖空了心思，进行一个多星期的思考到底应该说些什么，才能让她开心。毕竟努力还是能够起到作用的，我说的话雨巧一次比一次听得仔细，有时候还会笑出声来，眼神中也微微地让我感觉到她似乎对我有了一些别的意思。这让我非常的兴奋，我关注雨巧的每一个动作细节，晚上仔细地推敲琢磨到底是什么意思，一会儿难过一会儿高兴，像个神经病似的。

更有幸的是，有一次雨巧和我吃饭一起出饭厅的时候，不小心绊了一下，我立即把她扶住了，尽管李胜利曾经让我钻到过雨巧的怀里，但是就这么简单的一扶，就让我觉得我的手几天都烫烫地幸福着，回忆好长时间。雨巧柔软的肩膀，在我手中把握着，真想把她一下子拉到我的怀中。而且也回想着雨巧因为我的一扶，脸上快速升起的红晕，好看极了，那种羞涩的神情。

我觉得，雨巧也开始喜欢我了，我鼻梁被打歪过，尽管已经正过来了，但是脸上还有一块很明显的青肿。雨巧在看到我的时候居然很心疼地关心了我很长时间，吃饭的时候还摸了摸我的鼻子问我疼不疼。我看着雨巧脸上的伤痕，想着，我这算什么啊，你脸上和背上的伤那才真的是最让人不好受的。不过雨巧仔细地端详我、关心我的样子，让我既幸福又更加心疼雨巧不幸的遭遇。

不知道是不是我和雨巧都不属于这个世界的原因，雨巧慢慢地似乎对我亲切有加，每次看到我的时候，都会很开心地和我打招呼，露出羞涩的表情，而且吃饭的时候，听我胡说八道的事情，也听得很入迷，那脸上的酒窝如同盛了美酒一般。

我绝口不提李胜利的事情，我甚至希望，她最好能够忘了李胜利，或者直接把我当成李胜利的替代品。有时候我在想，如果雨巧认为李胜利死了，能够真正地爱上我那样该多好啊，但是我又担心雨巧会非常的伤心，因为从她以前和我讲的故事中，我可以感觉到雨巧对李胜利的感情是共同经历过患难,是如此的深厚而不可动摇。我只希望雨巧能够多喜欢我这样一个人，哪怕只有她爱李胜利的一半，甚至三分之一，我也心满意足了。

训练从开始到现在已经三个多月了，这三个多月里，我瘦了很多，但是精神比以前好多了，不仅是这种严格的体育锻炼，还有每周和雨巧的相见，都让我觉得三个多月尽管艰苦，但是很充实。我开始感谢徐总，徐总仿佛给了我新的生命和生活方式，我觉得我加入第二通道的决定是正确的。

不过，就在我认为训练不会终止的时候，训练结束了。

我被通知可以正式加入第二通道了，由徐总带着四位老者举行了一个奇怪的仪式，并发给我们一人一套黑制服。

第二通道的口号是一句让人震惊的话：焚烧这个世界，创造光明的国度。

二十　第二通道的一员

我并不觉得第二通道的口号有什么不妥，相反我宁愿毁掉这个世界。我在当流氓的时候，就有把这个世界破坏掉的想法，这是个什么世界，我们被愚弄、互相欺骗、明争暗斗、腐败横生，良心都让狗吃了，这样的世界有什么存在的意义？我觉得我的合气公司都比这个世界干净得多。

徐总在以后的日子里面亲自辅导我的训练，首先是讲解黑制服的应用，这身黑制服如同人的皮肤一样紧紧地贴在身上，连洗澡都不用脱掉，大小便都有专门的出口。而且是非常保暖，也不会觉得热。

要把黑制服脱掉是一件很麻烦的事情，必须得到徐总等高层领导的同意，才能在两个人的配合下，用一种金属的器械松开制服，脱下来。穿上自己可以完成，但是最好还是有人配合着才比较方便。

黑制服平时是没有什么独特的功效，但是有些本身就具有的不需要人发动，比如分解能量，所有到达黑制服的能量，都会被分解掉；保暖和弹性、透气性等物理功效。

不过特殊的功能就需要人为地发动了。

第一种是主动防御，用于应付比如子弹射击、金属切割这样的攻击，当子弹碰到你身体的一刹那，你必须将精力集中在碰击点，这样黑制服能够将子弹的攻击引导开，贴在你的制服上，如滑动一样漂移开。

第二种是被动防御，需要启用身体上的一条红线，只要集中注意力，按着并滑动左胳膊上的一根红线，这条红线就会渐渐地消失，黑制服就能够全身防御，转移任何形式的攻击。

第三种是释放能量，黑制服在任何时候都在吸收外界的能量，无论是光能、物理能还是热能等一切能够感知到的能量，并且储存起来。储存的能量能够按照自己的意识激发出来，化成黄色的光芒，这是最有趣的地方。这种能量能够做很多的事情，比如用手焐熟一个鸡蛋、把水分解成氧气和氢气。

黑制服的保养也很简单，除了用一种特殊的液体涂抹以外，还可以直接在一种淡红色的光线下照射几分钟。不能过分地释放黑制服的能量，如果黑制服的能量枯竭，而又没有及时补充，红色一旦变成灰色，黑制服就会变得很脆、容易破损。

黑制服不能抵御特别强烈的攻击，比如大炮的炮弹和某些辐射攻击，但是徐总告诉我如果使用得熟练，并且能量储存得很好，也是能够抵御的，不过需要个人的经验。但是用于一般的战斗，已经是绰绰有余了。

和黑制服配套的是一个黑色的头盔，那个头盔只是一种装饰物，似乎没有什么特别的功效。

那头盔和黑制服的原料很一致，不过没有弹性，非常的坚硬。

黑制服具有非常好的弹性和拉伸能力，你可以将黑制服的领口拉起来直到自己的耳根，也可以拉下来，像一件低胸的内衣，把自己的脖子和前胸露出来。在拉起来的时候，将头盔套上，脖子只要用用劲，绷紧一下，就能够将头盔和黑制服连成完全密封的一体。

这个头盔的作用也很大，如果熟练掌握了分解水的技术，你能够戴着头盔潜水，氧气是源源不断的。头盔是全黑的，但是你能够很清楚地看到外界的景物，但是外界看不到头盔里面。这个头盔由于特别的坚硬，可以抵御大炮的攻击，并不用特别发动。如果发动起来，进入防御状态，则基本上这个世界没有什么可以直接击碎它，但是你的脖子有多大力量就很关键了，可能头盔没事，你脖子的骨头在重击下会扭曲而造成死亡。

尽管我说得很简单，但是要熟练掌握这一切是一个很艰难和漫长的过程，你的肌肉组织和意识必须配合得很好，才能有效地启动黑制服的功效。

除了训练如何使用黑制服以外，还有更多的是第二通道器材的操作和使用，包括各种通信设备、机械等。这些倒没有什么特别困难，只是种类特别的繁多，要熟悉每个物品的功效，需要很好的记忆力。而且这些东西都是单独制造的，我从来都没有见过。

还有第二通道的纪律科目，厚厚的一本书，包括了组织纪律、行为纪律、工作流程、暗语等，从这些内容可以看出，第二通道的组织构成是四长老作为最高决策者，徐总作为掌舵人，负责调动一切资源执行。同时在徐总下面又划分为几个堂，很奇怪，这种高科技的组织，还是用堂来划分。主要是情报堂、物资堂、战斗堂、建设堂、医疗堂、新人堂、祭堂、护堂。祭堂是比较神秘的，徐总不怎么介绍，不过黑制服的材料和制作，是由祭堂完成的，同时也负责回收和维修，还有一些好像是礼仪制度的制定；护堂是一个内部纠察局一样的机构，由四长老直接负责，对内部一切违反制度的行为进行处理。

我属于新人堂，接受训练和考核，新人堂的堂主是冯队长和李队长，而我从新人堂出来以后，会直接调动到情报堂工作。

在第二通道，可以直呼其名，甚至可以用你在外界社会的头衔，但是每个人都有编号，在特定的会议和场合，是只能称呼对方的编号的，熟悉我经常接触的人的编号，是很重要的，如果在这些场所叫错了编号，是会受到严厉的处罚的。

我的编号是4578。徐总的编号是1134，我一直以为他会叫0001，但是我知道的有0004，只是战斗堂的一个战斗组长而已。有时候觉得这么严密的组织，为什么在编号上这样乱七八糟的。

编号是由祭堂发出的，可能是和衣服对应的关系，徐总也闭口不答为什么会这样编号。要改编号也是祭堂的事情，徐总都不能过问。

最难理解的事情是第二通道的地下设施问题。我能接触到的是一个密密麻麻如同蜘蛛网一样的管道图，但是并没有要求我必须全部记忆下来。因为我要去哪里是由各个管道口的建设堂的人来负责，我只要坐在里面，就会把我弹出去。解释一下，在这个地下管道世界里面，移动的工具都是球状物，有大如房间的球体，也有小到刚好一个人坐下的球体，整个地下就是一个弹珠世界一般。不知道为什么第二通道要这样建设他们的世界。

建设堂还在不断地挖掘地下管道，这似乎是他们最感兴趣的事情。

至于物资堂，就是管钱和各种物资的。对于第二通道来说，好像从来不缺什么东西，你能想到的，只要报到物资堂去，两到三分钟就给你搞定。我不禁回想起我在那个豪华房间想吃什么就吃什么的好日子，物资堂的人给徐总轻轻松松地介绍，他们每周拿到市面上流通的货币就有上百亿人民币，我觉得很恐怖，很想知道他们的钱是怎么弄来的，但是徐总对此也是守口如瓶。

情报堂和物资堂是唯一有女性的两个堂，而且我见到的女性都很漂亮，黑制服包裹着的她们的身体显得特别丰满而有曲线美，她们见到谁都是甜甜地一笑。

我在第二通道训练的日子是上不到地面去的，但是如果分配到情报堂以后，就可以到地面去的，第二通道对上到地面控制得比较严格，一般情况都是一组人一起，严禁单独行动。这让我非常想念雨巧。

还要一提的是睡觉和吃饭。所有人都有一个大圆筒一样的东西，里面刚好可以翻身和坐起来，不知道到了情报堂会如何，新人堂都有很严格的作息制度，统一洗澡，然后统一钻到圆筒中去，灯一熄就只能老老实实睡觉。吃饭则是大部分时间物资堂给你一个密封的塑料袋，里面乱七八糟的什么都有，你把里面东西吸出来，味道倒是很不错，就是觉得没有什么吃饭的乐趣。

医疗堂最经常干的事情就是找你测量身体状况，稍有不适就很严肃地强迫你吃药，每天都会见到医疗堂的人跑来跑去的，忙得不可开交。他们用的东西看着也很先进，一个金属环把你一套，就发出淡红色的光，一个人就拿着一个平板的很薄的显示器作记录，连大便干燥都会让医疗堂的人大呼小叫的，真的有点神经质一样。同时，医疗堂还管你的性生活，不过他们都是一些男人，并不会发给你一个物资堂的美女，而是检测到你可能有性冲动的时候，就给你套上一个眼罩，躺在床上，还给你套上一个内裤一样的东西。那内裤就使劲折腾你，让你不得不把那活儿掏出来，眼罩里面什么黄色的镜头都有，坚持不了多久就射了。射了就算了，那内裤还非要把你那个东西夹住，一点都不让你留在体内。被这样弄了几次，我都没有什么性欲了。真不知道医疗堂是怎么折腾那些女性的。

我的训练总算结束了，尽管还有相当多的地方不明白，但是训练就结束了。第二通道这个组织很多地方都是莫名其妙的，有些事情做得让你哭笑不得、毫无道理。

情报堂的堂主是一个叫王辰录的精瘦的男人，还有两个副堂主，一个是美女温希儿，一个是大块头刘长兴，编号分别是 1322、6662、3099。我是徐总亲自带过去的，他们对我相当客气，那个温希儿一双媚人的眼睛在我身上到处乱扫，还过来在我身上摸摸捏捏的，徐总都仿佛没看到。

情报堂的工作终于让我能够走上地面，而第一次出去就是温希儿带队，几个人干了一件相当下流但很刺激的事情，不过居然得到了一条很重要的信息。我就不说这个事情了，回来就立即被医疗堂的人抓住做了一次“内裤”。

情报堂的人员包括我在内，一共有 834 人，没想到是这么大的一个单位。平时他们都各有任务，分散在各个地方，有的人还是一些知名大企业的重要人物，不过在情报堂也只是一个小角色。情报堂又分成了十六个组，我分在最大的一个组，是一个叫毛庆林的人当组长，编号 0988，这个毛庆林，是燕北某个科技公司的 CEO。我们这个组负责综合情报，属于温希儿直接分配任务的组。

二十一　正面冲突

自从正式分到情报堂后，我有了和雨巧见面的机会。尽管每次毛庆林和温希儿并不说什么，但是我每次从徐总那里回来，他们看我的眼光还都是羡慕得很。

毛庆林尽管看着文质彬彬的，但是和他接触了几次，才知道他是个相当有头脑和心眼的人。他自己介绍他所谓的公司尽管规模很大，但是基本上是一分钱不赚。所有的业务都是第二通道的物资堂给的，由于给的业务还比较多，结账也很麻利，做出来的东西据说质量也不错，所以他的公司居然是燕北颇有名气的一家，估计业界也想不通毛庆林的公司为什么不求上进，总是原地踏步。

不过这是他自己炫耀的，我对互联网这个玩意儿狗屁不通，他怎么说都行。毛庆林的公司里面还有几个第二通道的人，专门收集互联网乱七八糟的情报，什么强奸案啊，人口失踪啊，地方斗殴啊，流氓闹事啊。而用电脑上网这些玩意儿，在地下是没有的，地下的人就是按照各组的组长和堂主的命令办事。

而且到外面也是统一行动，严禁掉队和开小差，让你在大街上脱裤子都要照办，不过，我说得严重了，因为我们穿的制服是不准随便展示的，出去都是穿便装。

值得一提的是，雨巧对我越来越有好感，我其实是个粗人，满嘴都是黄段子，一直忍着不敢造次。终于和雨巧说话也随便了一点，不小心就开了两句一点都不黄的黄腔，居然被雨巧追问那个名词是什么，我吞吞吐吐地说了，雨巧倒没有生气，反而笑得很开心。

雨巧这个女孩子，大部分时间真的是很开朗和外向的。我刚开始和她不熟悉的时候，还以为她就是内向、悲悲戚戚、少言寡语的女孩子，没想到熟悉了以后，完全相反。只是偶尔不知道看到什么东西，就会眼神沉重起来，默默不语了。

我觉得我在第二通道的日子，尽管回到地下就压抑得很，但是一旦去执行任务，就都是些我想都想不到的天马行空的任务，仿佛在情报堂的眼睛里，根本就没有什么法律约束和所谓的公民隐私。我们去收集过某些大人物在床上遗留的精液，还跑到夜总会中给一些漂亮小姐的下身偷偷抹一些乱七八糟的药物，用一些古怪的透视仪器观看某些明星的裸体等。组长和带队的出行之前坚决不肯说是什么目的，只是你需要如实地记录而已，然后回地下将所有人收集的信息进行分析，得出个鬼知道是正确还是荒谬的结论。

我由于江湖气息很重，很多场合都是我装成老大的样子，带着一帮人大摇大摆地横冲直撞。不过，坚决不能闹事、不能和警察起冲突，或者被警察抓到。有的任务做起来的确很惊险，一秒钟的机会让你拔掉一个重要人物的一根头发，只是为了回去检查用了什么牌子的染发剂。

我问过毛庆林，失败了怎么办？得到的答案永远是只许成功不许失败！所以两三个月我参与的任务，都没有失败过。

干了两三个月这些下流和无聊的事情，我真的怀疑人们到底还有没有隐私。当然，我问过徐总什么时候我能做些正经事，徐总总是很严肃地告诉我，我这个级别暂时只能干这些很重要的任务，让我不能小看这些任务的重要性，因为多个任务组合起来的情报，最后的结果会很惊人。

我尽管算是以前在南海干了一些偷鸡摸狗的事情，但是比起在第二通道情报堂我做的事情，真是小巫见大巫了。

从我加入第二通道以后，本来我这个被深井和A大队盯得很死的人，居然好像这两个组织就从我身边消失得无影无踪了。我不知道是该庆幸还是纳闷。第二通道真有这么大的能量，把我这个猪头肉叼在嘴里面就不放，另外两头恶狼也不眼馋？

在一天起床后，全组正在做体能训练，刘长兴就闯了进来，径直走到我面前冲我说："4578！带齐装备！跟我来！快！"刘长兴我很少能够见到他，见到他几次，他也从来没有笑过，一张干瘦的脸上肌肉绷得紧紧的。

我赶紧跑到旁边把我的头盔拿起来，瞄了毛庆林一眼，毛庆林点了点头，我从他身边跑过，他把我拍了一下，说："大任务！"我"嗯"了一声，刘长兴是第一次直接叫我，估计真的是有什么重大的任务想到我了。

我紧一步地跑着跟上刘长兴，刘长兴看我跟了上来，脚步也加快了，还不是一般的快，两条腿一迈开，仿佛在地上滑动了一下一般。不过刘长兴每走一步，黑制服腰部以下还要涌出淡淡的黄光，不像徐总完全是无声无息的。

我不会这一招，只好在后面跑步跟着。说老实话，我被第二通道训练得很好，服从就是天职，自己对上级安排的任务都是无条件执行，根本摆不出自己南海老大的派头。这几个月，已经习惯了这种按照命令行事的生活。

和刘长兴通过了几次升降，在大厅里面看到了徐总，徐总正一脸严肃地和一个陌生的黑制服交谈着。刘长兴带我走到徐总跟前，很规矩地敬了一个第二通道的举手礼，就是把右手大拇指弯起来，四指伸直，将手背向外，胳膊垂下，将手掌放在心脏的上方。

我也立即跟着做了一个举手礼，徐总见到我，点了点头，还是继续和那个黑制服说话："祭堂的哪个组在那里？"

那个黑制服说："9002 他们组都在。"

徐总说："战斗堂 1177 出发了吗？"

黑制服说："1177 下面五个战斗组半小时前动身了。"

徐总转过脸来，对着刘长兴和我说："1322，你带勘探组，坐六道山，听我的指令会合！"

刘长兴敬了个礼，答道："是。"转身又跑开了。

徐总对我说："4578，跟我来。"

我什么都没敢说，看架势和徐总的表情，绝对不是一件小事。

于是我跟着徐总跑着，徐总和那个黑制服就在前面滑动着向前走。

还好很快就到了电梯，要不我真可能跟不上他们的速度。

电梯起伏了几次，我们坐进了一个能容纳十多个人的球房，刚坐下，另外几个黑制服也急匆匆地钻了进来。一进来就对徐总说："八道山准备好了。各组人都在往八道山会合。"

徐总说："走！"

我们这个球，很快开始了弹跳，嘣嘣嘣嘣地连续不停，这也是第二通道让人想不明白的地方，他们每种不同类型的球都有自己的通道，哪怕方向是一致的，也必须分开走。

徐总一直和身边的两个黑制服交谈着什么，声音很小，只见到他们一会儿兴奋一会儿紧张一会儿又沉默，好像并不是一件很容易处理的事情。

这次的行程有一个多小时，等到停下来，和徐总一起曲里拐弯地走到一个巨大的房间，我才发现，八道山是一艘巨大的潜艇，因为傻子都能看到潜艇的身上写着巨大的隶书：八道山！而且，这潜艇是在水中的。整个大房间里，已经有不少黑制服跑来跑去了，有的人正站在潜艇顶上，指挥着什么。

说是个潜艇，其实除了身材是滚圆的，和我常识中的潜艇根本不同，这个八道山准确地说像是一个橄榄球一样的东西，全身没有任何凸起的地方，也是黑漆漆的。

我们是从顶部的一个打开的窗口进入八道山身体内的，而且顶部的窗口有好多个，不同的人从不同的窗口进入。

钻了进来发现这个八道山潜艇的内部还是很宽阔的，一条走廊两边已经坐了不少黑制服，而且都戴着头盔，在一些操作台上操作着什么，这些人应该都是战斗堂的人。

我跟着徐总往前走去，徐总身边一起下来的人都慢慢地分散开了，似乎寻找自己的岗位去了。我和徐总一直走到尽头的一个驾驶舱一样的地方。徐总指示我坐在离他不远的一个大椅子上，一坐上，椅子上方就左右分别降下来两块屏幕，上面有些信息指示着。

徐总坐在了正中间一个巨大的椅子上，他一坐下，整个八道山就微微地震动了起来，似乎是启动了。我在徐总背后不远，能够很清楚地看到徐总前面有一个巨大的荧光屏亮了起来，徐总用手在上面指了一指，整个潜艇里面就传来了喇叭一样的声音："动力正常！""观测正常！""能量正常！""武器正常！""闭合正常！"……

数声正常的报告之后，徐总说话了："八道山潜入。目标五千七百、四千三百、七千九百。"

然后，八道山震动了一下，明显地感到八道山沉了下去。

一会儿，八道山又直行起来，速度很快，徐总说："光屏障启动。"

八道山又低低地震动了一下，我看到前方的原来一整面封闭的半圆形舰前端打开了，向两边分开去。同时，一道黄光随着开启，射了进来，把整个船舱照得一片金黄色。

慢慢地，整个前端全部打开了，黄色的光也慢慢地暗了下去，前方是一个巨大的透明玻璃罩一样的东西，在玻璃罩上面有很多红色线条，线条上都有黄色光在滚动着。

又过了一会儿，黄色滚动着的光也消失了，前方被这艘潜艇发出的光明照得一片雪亮。

这是在汪洋大海之中。

徐总说："展开侧翼。"

我眼前的屏幕开始有了反应，左边的屏幕上显示的是整艘潜艇的样子，呈明黄色，这样看上去，更像一个橄榄球了，但是随着侧翼的展开，这个橄榄球看着又像个胖乎乎的箭头了。

我右边的屏幕显示的是一个信号源一样的东西，上面密密麻麻布满了移动着的亮点，有大有小，还会突然有一个圈套住一个亮点，显示一串数字，然后就消失了，然后又套住一个亮点，显示一串数字。这个我是知道的，第二通道有仪器是自动判别前方能量较高的物体，显示数值出来。有人工和自动两种方式，看现在随机地挑选着亮点，应该还是处于自动状态。如果是人工状态，是可以在屏幕上把这个物体放大的。

这个变成了一条长着翅膀的胖鱼的八道山，就飞快地往前移动出去，在一片漆黑的海里。

我也不知道现在到底在多深的海洋里，但是我知道这艘潜艇是在往下行使的，因为过了不久就看到了海底，这艘怪船就开始贴着海底行驶着。

我是第一次看到海底的状态，而且是如此的清晰，海底如同一个混乱的城市，到处都是怪石嶙峋的，不过这艘八道山很灵敏地在各个山头之间钻来钻去，有时候还如同鱼一样侧身而过，让舱内人倾斜一下。

八道山开出了一个多小时，喇叭里又响了起来："六道山正在汇集。"一会儿又响起来："五道山正在汇集。""四道山正在汇集。"

过了一会儿又说："光明山到达了。"

我从我眼前的屏幕中可以看到，船身的周围已经逐渐聚集了三个体型较小的潜艇，还有一个潜艇，足足有八道山的三个大，和八道山不一样的是，是一个圆锥形的，前面尖，后面大。这艘应该就是光明山。

正在看着，就看到这个巨大的圆锥形潜艇从八道山的上方开了过去，根据我的目测，足足有一千米。

徐总说："锁定阵列，统一前进。保持战斗状态。"

光明山在超过八道山之后，略略往下沉了一点，八道山和其他潜艇，整齐地排在光明山的尾翼上方。

海底的泥沙被潜艇的同时启动激发起一片混浊，但是，很快这五艘潜艇就保持着这种战斗队形往前飞速地行驶而去。

徐总从椅子上下来，走到我身边看了看我："赵成，还习惯吧？"

我点点头："是的……徐总，我们去哪里？"

徐总转过身去，看着前方的海底，说："印度洋。那里，发现了新的通道。"

我说："是那个通道吗？"

徐总说："是的，和你知道的一样，不过，它在海底。现在，只有海底还有没有被发现的通道了。深井一定会发现的，我们必须比他们抢先一步，得到这个通道。得不到，我们也会销毁它！"

我说："那我能做什么？"

徐总说："赵成，你很重要。我们这次能不能打败深井，就看你的了。"

我指了指自己的鼻子："我？"

徐总没有说话，对着我笑了笑，说："记住，打败深井，拯救这个世界。"

我只好点了点头。

这是一次相当漫长的航行，尽管速度非常的快，但还是几乎用了两天，我们才终于停了下来。

这里不知道是不是印度洋，五艘巨大的潜艇就这样悬停在水中，显得孤零零的。

就这样停了两三个小时，我看到屏幕中又出现了光点，并不断地扩大着，居然是十几艘和八道山差不多大的潜艇，我正惊讶地想要叫出来，但是看到舱内人并没有什么异常的反应，徐总也是不动声色。

等这些潜艇靠近，我看到的是和我们差不多形状的潜艇，保持着一个战斗队形停在我们正前方。

徐总等这些潜艇都静下来，挥了挥手，在整个前舱的玻璃罩上，就打开了一个巨大的投影，一个同样穿着黑制服的洋人正笑眯眯地出现在屏幕中。但是，他们胸前是一个老鹰爪子一样的标志。

徐总哈哈一笑，说："老瓦，你迟到了！"

那洋人也哈哈一笑，居然也用中文说道："不好意思，不好意思，久等了。"尽管听着很清楚，但是洋腔洋调。

徐总说："中文还是没有一点提高啊，老瓦。"

那叫老瓦的洋人不好意思地笑了笑："抱歉，抱歉。"

徐总于是开始说起英文来，这下我就什么都听不懂了。只看到老瓦从刚开始的放松的笑，到脸色严肃、目光锐利起来，看得出他们的对话是非常紧张的，好像在商量什么事情。

他们谈了一会儿，那个老瓦好像在屏幕里寻找着什么，徐总微微一侧头，余光扫了我一眼，继续和老瓦交谈下去。

这个老瓦好像挺痛苦地答应了徐总一件什么事情。

然后，屏幕熄灭，关掉了。

徐总等屏幕一关，马上大声地叫道："全体转向，和第三通道舰队保持混编队形，目标六千六百四十、三千三百六十、九千七百五十。”

还是光明山在最前面，这十几艘潜艇组成了一个簸箕样的战斗队形，一艘对方的潜艇从我们侧面滑过，上面用英文写着NO·FLY4。

这次航行只用了一个小时，这组潜艇编队就开始下降并沉入了一个巨大的海沟中，从潜艇发出的强光可以清楚地看到两边的岩壁，漫长得没有尽头，这十几艘潜艇就这样不断地下沉着，直到看到了海沟的底部。

停下没有多久，我在屏幕上就看到一个细小的光点从旁边的石壁中“飞”了出来，晃晃悠悠地如同苍蝇一样向八道山靠近了过来，最后没入到八道山中。

过了一会儿，一阵紧急的脚步声就咚咚咚咚地滑动着跑了过来，徐总站起身，我也回头望去，三个气喘吁吁的黑制服，加上两个跟着徐总一起来的八道山上的船员。

其中一个气喘吁吁的船员见了徐总，立即敬了一个举手礼，说道：“压力太大，暂时无法部署进去。您来了就好多了。”

徐总说：“现在什么程度了？”

那个气喘吁吁的黑制服说：“刚深入到第二层，正在破岩，重新做一个管道过去。直接进去我们实在做不到。”

徐总说：“用光明山上的光冲容器，全部下去要多久？”

黑制服说：“怎么也要两天。太深了。而且，有热核反应，还不敢硬闯。”

徐总说："要两天？"

黑制服说："第三通道的人配合一下，用他们的二级光冲，也许能缩短一会儿时间。不过一天也不可能。"

徐总说："我知道了。"同时吩咐另外两个八道山内的黑制服："0443，立即去光明山通知四长老用光冲容器下去。4462，全体建设堂和战斗堂的人进去，无论如何也要在一天内部署完成！"

徐总又和老瓦通了信息，这次老瓦倒答应得很干脆。

很快，我能够从前舱的玻璃罩中看到，从光明山、八道山、六道山以及第三通道的船上，钻出了很多小型潜水器，都发着夺目的白光，但是还是被冲击得像苍蝇一样飘来飘去。然后设备从船中出来得越来越多，有的还是很大型的通明管状容器，同样也发出夺目的白光。我想那应该就是光冲容器。

它们都从山崖上的一个巨大的缝隙中钻了进去。那个缝隙中就涌出巨大的气泡。

这是一个紧张的场面，徐总一直在椅子上坐着不停地吆喝着，一会儿是中文，一会儿是英文，看得出来，徐总是在和时间赛跑。他是不是担心如果一天内部署不好，深井就会出现？但是这么大的印度洋，深井怎么可能一下子就找到我们呢？

徐总一直没有休息，所有的人都没有休息，我自己倒觉得无事可干，只好呆呆地坐着，还睡了一会儿，我来这里干什么呢？现在看起来，我什么作用都没起到。

大概一天的时间过去了，工程仍然在继续，徐总的声音都已经沙哑了，但是还是干劲十足地吆喝着。我呆呆地从八道山前舱的玻璃罩外往无尽黑暗的前方望过去，一片黑暗看不到头，那里会出现什么呢？

想着想着，我觉得预言能力又启动了，我感觉这一切我经历过，然后思想跳跃到未来，我看到数百个比光明山还要巨大的软体生物从黑暗中冒了出来，这些生物体内都发出耀眼的金黄色光芒，而且这些生物好像都有巨大的触角一般。两秒钟到！

我大喊一声！徐总转头过来看着我，看我眼神不对，猛地也喊道："你看到了什么？"

我前言不搭后语地把我看到的景象说了一遍。还没有等我说完，徐总"哎呀"一声，疯了一样地对着前方的大屏幕猛击一下，似乎打开了什么装置，吼道："深井的齐列格编队，三分钟后出现在十二点方向，全员战斗准备！光力全满！工作组躲避！"然后又拿英文喊了一遍。

八道山就剧烈地震动了起来，发出了古怪的呜呜声。

所有的潜艇都开始闪耀着白光，连水波都仿佛有生命一般，震动了起来。

我则眼睛一眨不眨地盯着前方的黑暗处，手心冒出了一层冷汗。

二十二 浮出水面

徐总不停地操作着，大声且清晰地命令着。老瓦的图像也重新呈现出来，两个人飞速地对话，八道山外，所有器材的进出也停止了。

所有的潜艇都在把侧翼收回来，恢复到橄榄球的形状，而光明山则往后退去，躲在我们所有潜艇的后面的正上方。

尽管只有两三分钟的准备时间，但是第二通道的动作也相当快，他们和第三通道组成了新的战斗队形，严阵以待。

时间一分一秒地过去，我紧张地吞咽着口水，在我面前的屏幕上突然在边际出现了一大片光点，而且很快就越来越多，能量指示拼命地在这些光点身上圈来圈去，可以发现，越往后能量越高，似乎也越大。

徐总吼道："所有舰艇锁定对应目标，进入攻击范围后齐射。"

眨眼的工夫，在强烈的舰艇灯光的照射下，数百个比光线山还要巨大的软体生物出现在眼前，它们的体内发出金黄色光芒，而且好像是由一个点发射出来的。这些生物都是巨大的乌贼！

徐总喝道："发射！"

所有的舰艇开火了，从舰身的前部和两侧射出了三道明黄色的光线，所有的舰艇都在持续地开火，光明山则射出了五道光线，水立即炸了锅一样，仿佛那光线穿越的地方水都被煮沸了，大量的气泡沿着光线的印记升腾起来。

那光线一触碰到这些巨大的乌贼，就如同利刃一样，将乌贼的身体撕裂开。一阵齐射之后，这条海沟里面已经漂浮着不少乌贼的残肢。

但是对方也发动了攻击，在这些残肢后面的乌贼喷出了巨大的球状物，速度很快地向我们涌来。所有的舰艇都在躲避着，但是这些球状物还是在我们舰船的中间爆炸了，似乎是一个巨大的空气弹，一爆开，整个海底就一阵水浪翻滚，将我们的船震得到处摇晃。

徐总坐在座位上，尽管也被冲得东倒西歪，但还是很清晰地大声地喊着："保持稳定！持续发射！"

这样两三轮下来，这条海沟中已经被激起的淤泥、乌贼的尸体、不断滑过的光线造成的气泡搅得无法看清眼前的一切了。

徐总吼道："全体后退！上浮！"

不过，还没有后退多远，已经看到那些巨大的乌贼又从那片混浊的海中钻了出来，它们的动作比我们这些金属的舰艇快得多。八道山再一次发射了光线，击退了几只，但是后面的乌贼还在源源不断地拥过来，根本没有退缩的迹象。

突然，从这群乌贼中射出一条触须一样的东西，重重地击打在八道山前侧的一艘舰艇上，这艘舰艇好像被大刀击中了一样，被重重地甩向一边，撞在了海沟边的石崖上，失去了动力，向下沉去。

喇叭里传来了急促的声音："四道山被击中！四道山被击中！"

徐总喊："全速后退，使用动力性上浮！"

八道山剧烈地晃动着，加快了速度，船身也发出古怪的嗡嗡声，好像要被撕裂开一样，拉开了和这些玩命的乌贼的距离。

徐总继续吩咐道："放出诱导球！放出神经毒素！"

噗噗噗噗的连续声响，每艘舰艇都吐出了大量的闪闪发亮的小球，同时还有一些不规则的塑料薄膜一样的大的球状物跟着被释放出来，混在小球中间并逐渐地变大，然后破裂了，散出大量的绿色浓雾，在水中扩散开来。

又有几条触角一样的东西从乌贼群中射出，但是碰到了这些发亮的小球，被绿色的雾一触碰，就立即缩了回去，然后就听到一阵强烈的声波传来，嗡嗡嗡嗡地不停。

徐总又命令道："全体熄灭动力，关闭一切能源，物理性上浮！"

灯光紧跟着徐总的口令就暗了下来，舰内也是一片漆黑，只看到一些屏幕上还发出幽幽的光芒。

徐总命令："启动潜望者系统。"

这下，连最后的光也消失了，只能从玻璃罩往外看到，面积非常大的一片发亮的小球混在绿色的浓雾中，几乎将整个海沟都填满了。而嗡嗡的声音经久不绝，连八道山都跟着轻轻地震动着。

徐总身子一软，靠倒在椅子上。

他半晌才起身，将自己前面本来漆黑一片的屏幕打开，轻轻地问道："各舰汇报损失。"

同样也是并不大的声音传出来："四道山沉没。五道山完好。六道山渗水，正在抢修。光明山完好。"

接着是各舰英文的汇报。

徐总听完把屏幕又关上，重重地又往椅子上一靠，一言不发了。

过了一会儿，徐总起身又把屏幕打开，说道："光明山，请启动销毁程序。"

一个声音传来："还有多少人在船里面？"

徐总说："一百多人。"

那边沉默了一下，说："好的。半小时后核爆。请各舰做好应急准备。"

徐总把屏幕关上，站起来，走到我身边，说："没想到能逃脱出来。赵成，这就是深井的力量。"

我说："这些动物都是深井的？"

徐总说："是的，都是被太岁控制，造成了变异，成了深井直接控制的深海的杀手。"

我心中一惊："被控制？那我……"

徐总说："你不一样。"然后拍了拍我的肩膀。

徐总刚一转身，突然八道山剧烈地摇晃了起来，徐总站立不住，摔倒在一边。船的晃动并没有停止，而是越来越激烈，好像被什么东西抓住甩动了起来，同时船身也发出咯吱咯吱的响声。

徐总跌跌撞撞地奔向了自己的座椅，还没有坐下，船居然翻了一个个。舱内传来了大家的一阵阵惊叫声。徐总吼道："我们中计了。"而船身的响声也越来越大！徐总挣扎着拍下屏幕，吼道："全体动力发动！放出防护罩！"

话音刚落，前面的玻璃罩外一阵爆炸的火光，一艘潜艇爆炸了，很快地就消失了下去，而我们的八道山还在剧烈地摇晃着。

颠倒了两次之后，终于整个船灯光全亮了起来，也射出了一道光线照亮着前方。

我一看到前方就大吼了一声，居然是一个巨大的动物的眼球正看着我们，但是光线照射过去，这个眼球就移开了，庞大的身躯就从舰身滑过。徐总喊道："高热！高热！震开它！"所幸的是，这次效果很快，玻璃罩被笼罩在一片红光中，而水也似乎立即被煮沸了，贴着船身涌出了大量的气泡。

而咯吱咯吱的声音也很快地小了下来，最后船终于稳定了。

但是这还没有完，马上船又被什么东西重击了一下东倒西歪了，由于玻璃罩上全是气泡，我也看不到外面是什么情况。

只听到有声音广播过来："支持不住了！船体已经破裂！我

们……”然后就是一阵巨大的爆炸声，一片杂音。

徐总吼道：“各舰自救！保持高热状态！快速脱离！”

然后一翻身，从椅子上跳起来，冲到我身边，说：“赵成！你要救我们！”不由分说地把我拉起来。

两个人跌跌撞撞地向后跑去，但是几步的路程，我们就摔倒了三次，因为有东西不断在抽打着八道山。

我被徐总按在一个圆椅子上，他给我戴上了一个金属的头盔，徐总吼道：“赵成，去感应它们！”

我还不知道怎么说，徐总就拉起一个话筒一样的东西，喊道：“光明山，光明山，四长老就位了吗？”

话筒传来急促的声音：“刚刚就位！”

徐总喊道：“四长老请发动！”

然后转过脸看着我：“赵成，努力地去想外面的东西，一定要这样，和它们联系上，否则我们都要死在这里！”

尽管不知道到底我要和外面去联系什么，但我还是答应了一声是。

我的头盔猛地打入了一股能量到脑中，立即脑袋嗡嗡乱响了起来，我撕心裂肺地大吼了一声。居然我的思维好像被这股能量引了出去，然后我觉得我迅速地膨胀了！不断地变大变大！这感觉异常的难受！我含糊不清地嘶吼着！

只听到徐总喊着：“镇定，想外面那些生物！联系它们！”

而我脑中也似乎有声音在叫我：“赵成，联系它们！”

我极力地控制住大脑犹如爆炸一样的感觉，去想着外面的那只巨大的眼睛和身体。

猛然间，大脑的压迫感好了一些，因为我确切地感受到了我进入了一个巨大的生物的体内，然后又跳跃出来，进入到另外一个生物的体内，同时，听到了喃喃的似乎是语言一样的嘶嘶声。我的思维在巨大的能量的帮助下,从一个点跳到另外一个点并且越来越快，最后居然所有的点都连了起来，我能清楚地感觉到，有上千个庞然大物，紧紧地把我们这些船挤在中间，并抽打着。

当我看到这一幕的时候，我从心中喊叫着："停下！"

没想到，这上千个庞然大物居然一愣似的，全部都停下来了，然后我又听到了一阵阵杂乱的嘶嘶声,好像是上千个人在讲着什么。

我脑中传来一个声音："赵成，告诉它们我们是朋友！"

我在心中喊着："我们是朋友！不要攻击我们！"

那嘶嘶声就又乱响了起来。

声音又说："告诉它们，让它们听你的！"

我在心中喊道："你们要听我的，停下，停止攻击！"

我看到这上千个庞然大物晃动了起来，最靠近我们舰艇的几个大乌贼也把自己的触手收了回去，又是一阵嘶嘶的声音。

我脑中的声音说："让它们散开，让我们出去！"

我心中喊道："散开，散开，让我们出去！"

这些动物居然听话地慢慢地散开了，嘶嘶声还是不断。

我看到剩下的船发动了起来，从这些动物的身边快速地穿过，而这些动物都把头冲着八道山，好像在看有什么东西在八道山里面。

就这样，我看着我们的船冲出了包围圈。

我脑中声音告诉我：“让它们不要动，在这里听新的指示！”

我心中喊道：“你们不要动，等新的指示。”

那些嘶嘶声似乎有序地答应着我，所有的乌贼都静止了下来，漂浮在水中。

它们难道听得到我吗？它们嘶嘶的是在说话吗？

当这个疑问涌起的时候，我们已经离它们远去。

我大脑的能量一松，缓缓地退出了我的大脑，思维也从这上千个动物体内迅速地退了出来，重新回到了我自己的大脑中。

我身子一软，从椅子上摔下来，倒在地上，我已经全身不能动弹了，仿佛经过了一次剧烈的战斗。

我知道徐总把我扶了起来，在另外两个人的帮助下，将我重新扶回了原来的座椅。

我知道徐总正在看着我，但是我没有思维能力，也说不出话。

半晌，才听到徐总说：“全体浮上水面！启动潜望者系统！”

当我有点清醒的时候，我听到一阵巨大的咕咚声从下方快速地传来，随后，一道巨大的水柱冲天而起，海中仿佛升起一座水的山，让整个海面都倾斜了，隆隆的声音就从海底传出，而八道山就如同一只小虫子，在这个巨大的海水的山峰的半山腰。

这是不敢想象的一次海啸！而我们就在海啸正中心不远处的海面上！

二十三　混战

徐总命令道："所有舰艇保持平衡状态！再次聚集地点为二千三百、三千三百、九千七百。"

话音刚落，隆隆的声音又响了起来，在海水的山峰处一个巨大的气泡涌出，轰的一声激起了万丈的水柱，几只巨大的乌贼也随之被喷了出来，在空中裂开了，和着如同暴雨一样的海水落到了海中。

气泡还在不断地涌出，隆隆作响，不断地有巨大的乌贼被喷出来，仿佛这座海的山峰是一座喷出生命的火山。而随之，天空也改变了颜色，灰白色带着红色条纹的乌云也古怪地压在这片海的上空。

这个时候，海下面的世界一定是如同地狱，幸好我们明智地浮到了水面上，否则不知道是会被卷进去，还是被喷出来。

这座海水山就不断地喷着浓烟和气泡，甚至有时候巨大的气泡带着火焰从海中钻出来，然后火焰在空中绽放出一片巨大的红色火光，让人觉得好像是世界末日。

八道山被迅速地推了下去，离海水山越来越远，我则呆呆地看着天空中毁灭似的景象,什么都想不起来。这种喷发持续了十多分钟，海水山猛地降了下去。速度之快让人惊讶。

徐总命令道："所有舰艇启动，最大动力切线脱离。"

八道山又发动了起来，快速地在海面上斜向行驶着。

而海水山就这样快速地下降了下去，越降越低，最后形成了一个巨大的空洞一般，黑漆漆的，我们八道山又被高高地推起，仿佛是在一个巨大的水洞上面。

而没有一两分钟，又是巨大的隆隆声响了起来，从那个巨大的水洞中又升起一座新的海水山峰，轰的一声奔涌而出，水柱之高，简直像冲出了地球，根本看不到上升到哪里去了。

八道山也好像被巨大的引力吸了过去，以至于又觉得靠近了新的海水山，我全身都是冷汗，但是徐总还是镇定地站在原地，紧紧地盯着屏幕，一句话都不说。

整个天空也黑了下来，头顶上本来灰白色的云也变成了黑色，黑色的云朵里面打雷一样地喷出红色的光芒，并伴随着电光不断地穿梭在黑云中。

暴雨之大，几乎是天昏地暗，如同一桶水直接泼下来把八道山砸进水中。更准确地说，那不是雨，而是整面的水墙从空中拍下来。

噩梦般的半个多小时，八道山这个庞然大物，在大自然面前显得如此的渺小，渺小到如同我们眼中的蚂蚁一样，而我们则更加渺小，连沙尘都比不上。

终于，八道山平稳了，而海面的波涛也平静了下来，向远方看去，一道道白线挤在天边，那是这次爆炸激起的上百米高的浪涛。

而我的视线中，所有的舰艇都已经不见了，只有八道山孤零零地在水面上行驶着。

徐总命令道："潜入，深度一千，前往指定地点。"说完才重重地摔在椅子中，一言不发了。

在海中又行驶了两个多小时，八道山终于停了下来，悬浮在水中。已经有一艘舰艇在那里等待着了。徐总拍开屏幕，用英文问了些什么，叹了口气，又关上了屏幕。

陆陆续续地，在一个多小时内，又有几艘舰艇汇聚了过来，包括光明山。

然后这些舰艇组成了新的编队，集体往前行驶着，两个小时以后，老瓦充满疲倦的脸才重新出现在玻璃罩的大屏幕上，他的脸上青肿了巨大的一块，看得出来，曾经被撞击过。

徐总和老瓦交谈了几句，关上了屏幕。两支舰队就分散开了，向不同的方向驶去。

八道山身边，只有光明山陪着，其他三艘舰艇永远地消失了。

在回航的路上，我才知道，四道山沉没在海沟，六道山被毁于深井的伏击，爆炸了，而五道山也由于破损，在海面上脱困的时候沉没了，部分人员乘坐救生舰逃生，但是下落不明。

第三通道老瓦也损失惨重，一共十五艘舰艇，在海沟和伏击中就被摧毁了六艘，在海面又损失了三艘，半数的舰艇被摧毁了，老瓦的舰队也是元气大伤。

而幸存的八道山和光明山，也是遍体鳞伤，八道山的第三节空气舱被击破了，现在已经进行了封闭，七个船员牺牲了。光明山的辅助动力装置以及第四、第五空气舱被毁坏了，船员死亡九人。

在所有损失的统计报告汇总到徐总面前的时候，徐总高大魁梧的背影也轻轻地颤抖着，不知道是愤怒还是悲伤。

八道山和光明山同时为殉职的船员进行了海葬，他们被送进空气管，从舰身中吐了出来，然后看到他们的尸体一片通红，仿佛发出了高热，沸腾了一片海水，待气泡消失后，他们也都应该化为了灰烬，融入这片海洋中。

徐总除了询问过我身体状态如何，再没有多说过一句话，他的表情如同雕刻的木头，一直也没有舒展开。

航行了两天以后，我们才到了南海一带，因为八道山和光明山都受损严重，速度提不上来。

在南海，九道山、三道山和火焰山等候着我们，上来不少黑制服，携带着器材进行了维修，我和徐总等一群人转移到了火焰山中，而四长老和光明山上的一些黑制服也转移过来。

火焰山独自离开了南海，向基地回航。

四长老召见了我，没有说什么，只是表示了他们的感谢，如果不是我临危受命，大家陷入深井的齐列格编队之中，根本没有生存的可能，除非是同归于尽。他们提到深井的时候，脸上都是扭曲着的，充满了愤怒、恐惧、敬畏和仇恨。

而第二通道的厄运还没有结束。在回航的过程中，接到了第二通道总部发来的信息，总部被深井的曲纳格编队攻击了，曲纳格编队是一种巨大的如同蚯蚓一样的软体生物，生存在地底下巨大的洞穴中，居然开掘出管道对总部进行了攻击。

火焰山飞快地回航，同时召集其他舰艇回航，指令发出了一道又一道，总部的战斗也是异常的激烈。同时还收到了第三通道的信息，他们也被曲纳格编队攻击了，徐总不断地发布命令的同时，也不断地咒骂着深井是无耻的小人，居然发动了全面的攻击，想把第二通道和第三通道一网打尽。

但是第二通道的总部的牢固程度还是发挥了作用，在火焰山进入港口的时候，已经得到了曲纳格编队被击溃的好消息，但是百分之五十的地下管道都被摧毁了，同时第二通道伤亡惨重，上千人牺牲了。

第三通道也传来了好消息，在第二通道被击溃后，攻击第三通道总部的曲纳格编队也撤退了。

我们从火焰山上下来，并没有如同往常一样迅速地几次弹跳回去，中途换了好几次。每次下来换其他的工具，都能够看到巨大的软体生物的部分身躯横在各种通道内，并且挤得满满的，看不到头尾，如同巨大的蚯蚓。到处都有被毁坏的迹象，无数的火苗在各个转换的地方升腾着，越接近总部越多。

许多黑制服在来来往往地输送着物品和受伤的人员，最终到了总部，就看到一个巨大的软体动物的头颅横在一个大厅之中，整个大厅如同被龙卷风袭击了一样，所有的物品都是烂糊糊的。而这个巨大的头颅中间，有一根几人粗的大舌头一样的东西，垂在身体外的部分就有二三十米长，沿着大厅的角落躺着。整个地面都是滑腻腻的体液。

而这个巨大的动物头上，有无数个还发出焦臭的大坑，一看就知道是第二通道的光能武器造成的。

墙上都是一些巨大的被什么榴弹攻击的大洞，但是并没有爆炸，好像仍然是空气弹一样的武器造成的。有的大洞穿破了十几道接近一米厚的钢筋水泥乃至金属的墙壁，可见威力之大。

到处冒着小火苗和电火花，还好伤员似乎都已经被运走了，地上只留着一摊摊血迹，墙上、天花板上到处都是，充满了浓烈的血腥味。

一路都有人向徐总汇报着，越往里走，徐总的眉毛就越发扭在了一起。这次破坏造成的损失是空前的，听得出来，二十多年的建设成果基本上毁于一旦。

我们碰见了温希儿，这个漂亮的女子头发也是乱糟糟的，脸上还有着不少飞溅上去的血点，她向徐总汇报王辰录牺牲了，毛庆林重伤，情报堂战死134人，重伤56人，轻伤255人，基本上整个情报堂参加战斗的半数以上的人都失去了战斗力。温希儿看了看我，看我还完完整整地站着，她的眼睛眨了眨，居然眼泪都要流下来了。看得出来，温希儿心中的悲愤也到了无以复加的地步。而且，王辰录和毛庆林是从地上赶回来投入战斗，在第一线上倒下的。

在接下来的几天，我才更清楚地了解了这次战斗的情况。第二通道总部总共战死1200余人，战斗堂600余人，建设堂200余人，护堂150余人，祭堂100余人，情报堂100余人，医疗堂50余人，物资堂50余人，副堂主以上战死8人，副组长以上战死87人。这些人的名字都是直接通知了大家。

第二通道大型管道东、北、西方向完全摧毁的有60%，中型管道30%，小型管道20%，88个中继站31个被完全破坏，28个需要重新修复；15个总部卫星站3个被完全破坏，7个需要重新修复；总部中心1683个结构性房间，344个需要重新修复。

深井的曲纳格编队在进入总部中心的时候被击溃，没能够接近最中心的第二通道洞穴。一共消灭799只曲纳格蠕虫，撤退了约200只。

战斗结束后的两个星期，整个第二通道的任务就是焚化切除曲纳格蠕虫的尸体，填充堵塞曲纳格蠕虫挖掘的管道。这个工作异常的艰巨，让整个总部的所有角落都弥漫着一股焦臭的焚烧尸体的味道，让人根本吃不下饭。

在两个星期内，只听到徐总通过喇叭广播和命令，再没有见到他的人。

我只知道一条，深井对第二通道发动了突然袭击，目的似乎很明确，想一举拿下第二通道和第三通道。我甚至都怀疑，印度洋海沟中的那个新发现的通道，是不是深井故意暴露给第二通道的。

我觉得，第二通道的报复也将正式地展开了，这本来是一场在地下和深海中的战争，如果真的展开了，那么地面是否也会变成战场?

第二通道这个巨大的战争机器，在经历深井的突然袭击后，似乎才正式启动了。

连空气中都弥漫着一种仇恨和肃杀的味道。

二十四 世界寂静的思想

毛庆林一直处在昏迷之中，第二个星期才清醒过来，但还是神志恍惚，代替他的是马三强，居然是毛庆林公司另外的一个高管。

我从马三强的情报调查中知道了很多这次事件发生后的一些地面上的情报，这些情报，在第二通道内是没有什么保留的，所有人都可以查阅到。

地面上的消息是某地发生了小型的地震，但是幅度很轻微，第二通道要求 A 大队派人去做技术处理，防止有人深入调查。

这么严重的伤亡，是第二通道一手造成的，但是我接触到的所有的成员似乎对这一切很麻木，不知道他们是不是还沉浸在总部受袭、死伤惨重的悲哀中。我曾经故意地问过我的一个组员，他对我还投过来怀疑的目光，好像在质疑我为什么关心。

有时候会回想到第二通道的人在树林伏击战中最后清理现场的一幕。那些黑制服举起的刀，显然不是在救人，而是在给没有死的人致命的切割，杀了所有可能还活着的人。这些回忆让我心中一阵阵地发紧。

可能第二通道的任务真的是焚烧这个世界，所以除了第二通道的人，别人在他们的眼里是一种浪费，是造成这个世界必须被焚烧的原因。

最近我是噩梦不断，一会儿被置身于汪洋大海中，一会儿又在烈火的灼烧之下，数不清的死人拉着我的腿让我回到第二通道那个漆黑的洞穴中去。我不知道其他人到底是怎么想的，但是当我知道三十万人因为自己的原因死亡了，那种压抑的感觉足够让人疯狂。我又回想到以前从伏击战中回来的时候，不知道的人才是快乐的，知道得越多就会越悲伤。

现在，好像我已经知道得太多了，我有时候甚至怀疑徐总除了他的女儿雨巧是他唯一的精神依托以外，他还有没有感情。也许，伟人都是这样的，要想成就大我，必须要牺牲小我。不过徐总到底是不是伟人，我真的很难判断。

另外让我难受的是我经常会梦到又回到那些巨大的乌贼的体内，那些嘶嘶的如同人在说话的声音整个晚上都在我脑中乱响着，而且我越来越感到这些嘶嘶的声音是在悲伤地向我求救，是希望我解放它们。但是我能够怎么做，我也需要别人的解放。

在每天辛苦的地下工作之后，终于在第三个星期见到了徐总。徐总一言不发,眼圈发黑,那脸上的表情好像几个星期都没有改变过，那紧皱的眉头如同木刻制品，一点松展开的迹象也没有。

这次，我又见到了 A 大队的人，除了死去的 A3 之外，还是悉数到场。

A1 还是笑眯眯地看着我，表情显得非常的轻松，这似乎让徐总非常的不快，口气生硬得如同抛出石块。

我大概知道 A 大队想干什么。果然，A 大队还是给我呈现了一番电视直播一样的景象，一个人正在偌大的办公室中坐着，还有几个人坐在周围的沙发上。这样的场景持续了很久，看得出这些人在商量着一些什么。

然后 A2 好像计时了一样，反复地看了看自己的手表，然后很急促地说："请你现在集中精神，看看他未来会做什么。"

我正盯得不耐烦，他这样一说我马上就进入了思维跳跃的阶段，很快就看到了未来的景象：这个人正在写什么文字，我只看到他写下"立即办理"四个字，影像就中止了。我把头抬起来，A2 就急促地问我,看到了什么？我回答:"只看到了他写了四个字,立即办理！"

A1 马上笑了起来："很好，很好！"

随后，A 大队七八个人同时拿出了手机，纷纷离座各自站在一边紧张地吩咐着什么。

而画面一直在继续着，我看到一个人走进这个房间，很恭谨地将一份文件呈给那个人，那个人接过来看了看，又放下了，又和坐着的几个人商量着什么。随后又把这个文件打开，似乎很仔细地看了其中的几条，拿出笔，在纸上签字，镜头就推近过去，看到他在纸上似乎写下了“立即办理”，然后署上了名。

A1 也看到了这一切，他站起来说：“赵成，深表感谢！”

徐总则重重地“哼”了一声！

A1 笑眯眯地对徐总说：“徐总，难道你有更好的办法拔掉这个深井吗？”

徐总冷冷地说：“恐怕你们在考虑如何拔掉我吧。”

A1 还是笑眯眯地说：“徐总，只有深井被拔掉的那天，我们才会考虑这个事情。你应该能理解。”

徐总突然嘿嘿地干笑了两下：“A1，打破目前的平衡，你也知道会发生什么事情。”

A1 用手撑着桌子，牢牢地盯着徐总，一字一顿地说：“民族将永生！”

徐总站起来也盯着 A1，冷冷地说：“希望你们能赌赢这一把！不送了！”

A1 看着徐总，笑了笑，离开了座位。

A1 走到门口的时候，徐总又说了一句：“A1，别小看深井，小心把这个世界带进地狱！”

A1 转过头说：“还是你们自己小心点吧！”说罢，一行人匆匆地离去了。

徐总呆呆地坐了好一会儿，才转过头来看着我，然后挥挥手示意其他人都退下去，说：“赵成，从你到来之后，维持了数百年的平衡可能即将打破了。”

我说道：“为什么？”

徐总说：“几百年前，世界的平衡被打破了，西方于是慢慢地兴起了。我们就是建立在那个时候。而这次，你的出现可能是这个世界的平衡再次被打破的那个点上，也许，这是个巧合，也许不是。”

我听得一头雾水：“什么叫世界的平衡？”

徐总说：“赵成，你也许很难理解，世界的发展是一个螺旋形上升的状态，有一个突破点的存在，突破了这个点，平衡就发生了变化，世界就会跳跃到另一个发展阶段，并再次形成平衡，而再度过几百年，再被打破。”

我说：“那怎么找到这个突破点？”

徐总说：“我也不知道，也许这个突破点只是一个人的一个梦，也许只是一个人侥幸地生存了下来，也许，只是你穿过了第二通道。”

我吓了一跳，我不相信我个人是什么所谓的突破点，我紧接着说：“平衡打破之后会发生什么？”

徐总说：“你记得 A1 说民族会永生吗？”

我说：“记得。”

徐总说：“也许，真的如同 A1 所说，我们将重新崛起，重新恢复到几百年前世界最强大国家的状态。”

我说：“这样不是挺好吗？”

徐总说：“你觉得平衡被打破后，再次达到新的平衡要经历什么？”

我说：“不知道。”

徐总说：“可能是一场全人类的战争，可能是巨大的自然灾难，可能是某种基因突变,可能是某项发明,可能是某种意识形态的复苏。你希望是哪一种？”

我不知道该怎么回答，只好说：“不是经历了全人类的战争吗？”

徐总说：“的确，第二次世界大战中的希特勒的诞生最开始被认为是个突破点，美国因此而崛起了。不过，事后我们也证明了，这只是世界的再次平衡被打破而存在的一个过渡性标志事件。真正的世界的平衡被打破应该是现在。也许突破点马上就出现了，也许已经出现过了，但是，谁也不知道是什么，在哪里，是否发生了。就好像谁也不知道希特勒会造成如此巨大的灾难。”

我说：“那 A1 也察觉到了吗？”

徐总说：“是的，不只是 A1，全世界很多像 A 大队这样的组织都察觉到了。包括我们第二通道。而 A1 他们认为，形成世界新的平衡，让我们民族再次崛起，实现几百年前的辉煌，不是 A3 那样想挑起全球大战，而是消灭掉或者是控制住或者是极大地削弱深井的力量。”

我说：“为什么深井是 A 大队主要的目标？”

徐总说：“深井应该在很多年前就预测到了世界的平衡可能就

要被打破，所以，在第一次世界大战和第二次世界大战中，都有深井在暗中调整战争进程的身影。包括核弹的技术和爱因斯坦的存在，都是深井的杰作，以至于现在在世界各个国家的领导团队中，包括我们国家，都有深井的渗入。深井似乎是想让世界按照他们的计划来发展，但是我们并不知道他们的目的是什么。”

我说：“那么我也可以理解为，我们第二通道也是想抓住这个机会，实现自己的目标？”

徐总说：“是的，你说得很对，从你到来之后，我们终于确定了这个突破点即将或者已经到来了。所以，我们针对的目标也是深井，只有打垮深井，才可能实现我们建立光明国度的梦想。”

我说：“你不是因为恨深井对雨巧，哦，不，你的女儿如此的残忍才对深井宣战的？”

徐总说：“是的，妮妮只是更加让我坚定了消灭深井的决心。对于我们来说，抓住机会实现光明的国度，是最重要的事情，为此可以牺牲一切！”

我说：“深井也觉察到了我们和 A 大队会对他们宣战吗？”

徐总说：“觉察到了，这次落入深井的圈套以及总部被攻击，就是深井的计划。他们也知道必须要拔掉我们才能顺利地进行他们的计划。所以，很快深井就可能对我们进行第二次攻击，下次攻击将是空前的。”

我说：“如果顶不住呢？”

徐总说：“很可能这里将守不住了，我们大部分人都要分散撤退。”

我说：“可是A大队应该不会让深井待在这里吧！”

徐总说：“A大队的确不会甘心，所以我们达成了共识，如果这里被深井攻占，这里将被核弹销毁。你刚才已经帮A大队扫除了一个可能会影响此计划实施的深井人员，其实这也是我们需要的。”

我脑袋一片混乱，这里可是离燕北正中心不远啊！核爆一次，那要死多少人？

我说：“那燕北……”

徐总说：“会得到控制的，这二十年来，我们这里不会像唐山那么脆弱。燕北只有轻微的震感，A大队再傻，也不会让燕北像唐山一样的。”

我只好喃喃地说：“我似乎知道得太多了。”

徐总把我的肩膀一拍：“我会守在这里，而你必须带领其他人转移到我们的第二总部去，如果我战死了，你会接替我的职位！”

我有再大的牛胆，也不肯相信我听到的是真的，指着自己的鼻子说不出话。

徐总说：“你不敢吗？你也希望你的雨巧和我一起死吧？”

我不知道该怎么说，一巴掌击在桌子上，重重地“唉”了一声，才说道：“我，做不到！”

二十五　世界在玩弄我

徐总紧紧地抓着我的肩膀，说："只有你能使用四长老的能量，控制深井的太岁型生物部队。这才是你对我们最重要的价值，否则我们这次在印度洋就会被深井一锅端！深井肯定已经发现了我们能这样使用你的能力！更不能允许我们存在！"

尽管我被徐总抓得生疼，但是我还是说："那我其实也是深井的目标！深井也会杀了我！跟着我的人都会死的！"

徐总把手松开，还是牢牢地看着我说："只要你相信自己，和深井对抗下去，深井一定会有所顾忌！"

我很难受地说："徐总，我从小就是一个流氓而已。从来没有想过我会有今天，我以前的确希望得到更大的权力，但是我现在一点都不想这样，我只想过一个平凡人的生活。难道我们不能忘掉使命，而非要卷入这场战争吗？"

徐总的眼神如同钢刺一样刺了我一下，但是又快速地收了回来，慢慢地说："你，为什么，会，说出这样的话？"

我意识到我可能说错话了，但是我并不想收回或者解释，只是淡淡地说："我只是一个流氓的头头，曾经是。我知道我能做什么，所以，我不能按你的要求来做。"

徐总居然冷冷地笑了两声："赵成，你觉得你还有退路吗？你以为这个世界还有一个地方能让你得到你想要的这些吗？"

我也盯着徐总说："我本来就是一个要死的人，谢谢你救了我，所以，我宁愿在深井的袭击中灰飞烟灭，也不愿意因为我让更多的人失去生命。我并不怕死，从我当上流氓的第一天，我已经无所谓生死了。"

徐总居然哈哈哈地笑了三声："好！很好！赵成，我还真是小看你了！你走吧！"

我转身就向门口走去，徐总并没有跟上来，我觉得徐总说的话似乎有些什么问题，转过头问："我，走到哪里去？"

徐总说："从哪里来，回哪里去。"

我心中一惊，突然觉得自己像一只可怜的狗一样被人抛弃了，我说话也颤抖了起来："你是说，我离开这里？"

徐总说："是的，赵成，我们无法保护你了，你在这里只会让我们更加的危险。不过，我也警告你，你在这里所看到的一切你最好忘掉，多说一个字只会让你死得更快。地上的世界也将比你想象的更加残酷。"

听徐总说完，我心中突然涌起一股自由的感觉，我自由了吗？哪怕外面的世界真的是更加残酷，但是我将是自由的。

于是我深深吸了口气，说："谢谢，后会有期。"

我把门拉开，走出房间外，没有走几步，几个黑制服已经围了过来，我知道他们是什么意思，乖乖地跟着他们走。

我的制服被脱掉了，又换上了平常的衣服。

随后被带到了一个出口，几个穿着便衣的情报堂熟悉的面孔迎接上我，经过漫长的升降之后，我终于回到了地面，并被塞进一辆车里面。

没有人和我说话，甚至看都不看我一眼，我一直在担心他们可能会杀掉我，但是他们并没有想这么做。车开了一会儿进入了市内，然后他们把我推下车，一溜烟地开走了。

我看着逐渐远去的汽车，独自站在人来人往、车来车往的大街上，阳光照耀在脸上，觉得很舒服。我贪婪地呼吸了几口充满了城市味道的空气，心中乱糟糟的，但是格外的轻松，好像我已经很久没有接触过这个世界了。

来来往往的行人都看着我呆呆地站在马路边上，投来了好奇的目光，我仍然沉浸在重新回归自由的快乐中。

正要转身，就听到一个人快速地向我接近过来，一个熊抱就把我抱在怀里。我惊出一身冷汗，但是马上就放松了下来，这种感觉很熟悉。

居然是黑狗！！

我和黑狗好好地吃了一顿，同时从黑狗那里得到了振奋的消息，南海的事情好像已经平息了，田书记和李局长调走了，而且我的案子好像也不了了之了。我的几个逃到泰国去的下属回南海看了看，现在已经稳了下来，就等我回南海重操大业。

幸好我的一号卡还在，我和黑狗一人买了个手机，又换了身衣服。

然后我让黑狗和南海的人联系，了解一下情况，不过黑狗打了半天电话,都是很失望地望着我,所有电话都没有人接听或者关机了。

我眉头皱了皱，也凭记忆打了几个，结果是一样。

我和黑狗对视了一下，都感觉到不对劲。我心里泛起了一层不安。似乎事情不是这么简单，徐总就这样放我走，不仅仅是因为我不想参与战争以及我的存在反而对第二通道很危险，好像更没安什么好心。

我和黑狗本来打算晚上就动身，但现在的状况似乎很糟糕，无论如何也要先和南海的人联系上才行。我本来根本不打算留在燕北，准备立即逃走的，但是想来想去，觉得燕北尽管危险，但是还是那句老话，最危险的地方是最安全的。

所以，我和黑狗拣了一个五星级酒店住下了。

黑狗问我："不会发生什么事情了吧，又被人盯上了？"

我心里猛地一惊，黑狗倒提醒了我，我一直沉浸在我终于获得自由和重回南海的兴奋中，怎么把有些人忘了呢？这些人就是A大队和深井。徐总如果把我放出来，是不是想A大队把我抓到，让深井的矛头指向A大队？另外，深井对我一直是进行一些不明所以的行为，我被放出来，深井应该也不会善罢甘休的。现在的问题是，A大队是否觉得我是一个烫手的山芋，敢不敢直接把我抓住？而深井是否也愿意把我这个曾经是第二通道的人重新控制住？而徐总，如果直接将我的消息透露给两方，他是不是想坐山观虎斗？

但是为了我这个小人物，值得两边又大动干戈吗？

黑狗看我在发愣，问了一句："成哥，你怎么了？"

我回过神来，问黑狗："你最后一次联系到南海是什么时候？"

黑狗说："就是七天以前，我出去打的长途电话。"

我问："有人跟踪你吗？或者身边有什么古怪的人？"

黑狗想了想说："没有啊。"

我沉思了一下，好像现在没有人可以联系得上，是和我被放出来有关系。

我猛地问道："那个卖车给我们的老白可以联系上吗？"

黑狗一拍大腿："我知道怎么可以联系上他！"

黑狗拨打了南海的114，从星海洗浴中心问到了叫二毛的一个服务生，又从二毛那里要到了老白开的汽车修理店的地址，问到了老白的电话。

电话通了，嘟嘟嘟嘟地连响个不停，黑狗骂道：“又没有人接吗！！”

话音刚落，电话被接通了，我能听到一个男子的声音，很尖锐的怪腔怪调紧张地问：“哪位？”

黑狗兴奋地看了我一眼，说：“老白，老白吗？”

“啊，我是，你是……”

“我是黑狗！”

“啊？哪位？”

“黑狗！成哥的大马仔！！”

“菩萨保佑！……”一阵乱糟糟的叮叮当当的声音从话筒中传来，很快又安静下来，似乎这个老白躲到了一个僻静的地方，声音也小了下来。

“老白，还在吗？”

“在，在。黑狗大哥，你怎么现在打电话过来啊？”

“怎么了？成哥也在我旁边！”

“成哥也在啊。黑狗大哥、成哥，我老白对不起你们啊。”

我把电话从黑狗手中抢过来，问道：“老白，我是成哥，你慢慢说，怎么了？”

老白说：“成哥，兄弟们都完了！都完了！”

“老白，你慢慢说。”

“前天，曾哥、刀哥他们从泰国回来了，还专门给我打了个电话，说是我救了成哥，他们在南海稳下来要好好地感谢我。结果今天，南海发生了大事。好多不知道哪里来的人，都发疯了似的到处找我们公司的人。曾哥和小虫哥让他们打死了。太惨了！太惨了！呜呜呜呜——”

我心中一股怒火和悲伤喷涌而出，大吼着：“什么时候？你怎么知道的？”

“我下午听小虫哥吩咐，到城里面去，曾哥和刀哥要请我吃饭，可是我刚一到酒店，还没有进门，一大堆人就冲了进去，然后是嘭嘭嘭嘭地乱放枪。我亲眼看到小虫哥和曾哥他们被打得血肉模糊地从酒店里面拖出来，都打成蜂窝了，死了好多公司的兄弟。太惨了啊！那些人都是疯子啊！”

我吼道：“老白，那后来呢？”

“我也没有敢多停留，赶快开车往回赶，沿路到处都是些不知道是哪里来的人，到处都在抓人，到处都是枪声，都是公司的兄弟们经常聚会的地方。完了，全完了，我做梦都没有想到会这样啊。都是我害了大家，曾哥是请我吃饭啊，大家都死了，都死了！”老白似乎再也说不出话来。

我怒吼着：“谁干的？谁干的！”

老白似乎语无伦次地说着：“不知道，从来没有见过，但是看着都不像普通的流氓，他们都是杀人不眨眼！太狠了，太狠了，天不怕地不怕似的！”

“老白，我知道了。你自己保重，我一定会感谢你的。”

“成哥，你们千万不要回来啊！千万不要回来啊！”

"我知道了！"

我把手机关了，一把就重重地砸在地上，再也控制不住，捂着脸痛哭出声。

南海的事情，打碎的不只是我的希望，而是我的生命一般。这种从高峰跌落的感觉是如此的惨烈，以至于我都不能相信我是否存在于这个世界上，而是直接向黑暗中不断地坠去。

我知道再也回不去了，我将再也没有自己的家，再也没有自己面对着一切的希望了。

很长时间，我才知道黑狗在轻轻地拍着我的肩膀，并说着："成哥，不要伤心了。我们还有机会的。"

我缓缓地站起来，木然地说："黑狗，你不知道的东西太多了。我已经没有路可以走了。"

黑狗说："不会的，不会的，一定还有办法的。"

我摇摇头："没有了，没有了。"

黑狗说："不是还有干爹，还有徐总，还有那些莫名其妙的要救你的人吗？"

我看着黑狗严肃的表情，傻傻地说："你知道他们都是什么人吗？你知道我是什么人吗？我不是属于这个世界的人，你相信吗？"

黑狗呆住了，他可能觉得我精神已经不正常了。黑狗把我扶住，说："成哥，你坐一会儿。"

这个夜晚漫长到让人可怕，我如同木头一样坐在椅子上，全身发冷。我知道这可能是 A 大队干的好事，但是我又怀疑是徐总他们干的，我还怀疑是深井干的，他们同样有操作这样事情的能力。我脑海中一遍又一遍地出现着刀疤、小虫等以前我的兄弟们在猛烈的射击下被打得血肉横飞、肝脑涂地，听见他们临死的时候还在呼喊着我的名字。

是我杀了他们，是我杀的。如果不是我当了流氓，从小就带着刀疤、曾三少他们打架，又那么多次地死里逃生，最终拉着他们一起干偷鸡摸狗的小公司，他们也许现在会在一个小卖部卖着烟酒，光着膀子吆喝着喝酒吃肉。我身边因为我死去的人已经太多太多，所有的死去的人都伸出手抓住我，喊着我的名字：赵成，是你杀了我们，是你杀了我们!

我恨这个世界，我恨这个世界，如果不是我父亲抛弃了我和我母亲，我不会这样生活，但是我父亲也是被这个世界玩弄着的。好像一盘棋，我能前进到什么位置上，是一只大手在操纵着的，我身边人的生死也是在这只大手的控制下的。我不知道下一步这只大手会把我指向哪里，而我随时也会被这只大手抛弃，成为一个和别人一样废弃的棋子。对于操纵我们的人来说，这只是一场游戏，而对我们来说，却是命运。

黑狗一直陪我坐着，一言不发，直到很晚了，他才似乎耐不住，沉沉地睡过去了。

我悄悄地站起来，下定了决心，我要自己离开，我不能和黑狗在一起，因为黑狗也可能因为我死去。

我把一号卡拿出来，放在一张纸上，在纸上写下了密码，并写道:

“黑狗，好兄弟。我走了，你自己找个安全的地方活下去。成哥。”然后把我的手机也掏出来摆在桌子上。只留下口袋里的一些现金和身份证。

我轻手轻脚地走出了房门，黑狗还是没有惊醒，他的悲伤应该不亚于我，让他睡吧，他还是什么都不知道的为好。

燕北，乌黑的云压着天际，远处的云朵中放出电光，雷声就滚滚而来。

一场大雨倾盆而下，深夜的燕北，只有我一个人在大雨中木然地走着，如同行尸走肉，没有丝毫的方向。

我终于无力地跌倒在马路边，挣扎着爬起来，靠在一根电线杆上，马路上有三三两两的车飞快地驶过，没有人会注意到已经和大雨连成一体的我这样一个小人物。

我想，干脆我就这样死了吧，因为我已经没有了人生的目标。

我靠着电线杆坐着，大雨淋在我的身上，不知道为什么又想到了雨巧，想起了雨巧说的她和李胜利在大雨中相遇的故事。雨巧现在还好吗？雨巧是否只是我人生中的一个巧合？我承认，我喜欢她，我爱她，这种恋爱的感觉从来就没有过。但是，雨巧爱的是李胜利，她不爱我，她只是向往着李胜利能够重新回到我的体内。想到这里我嘿嘿嘿地笑了起来，雨水就流进了我的嘴里，咸咸的。

雨巧她不可能再出现了，我也再见不到雨巧了。我脑中就反复地念叨着雨巧的名字，回想着和她在一起那些短暂的时光里面的酸甜苦辣，如果不是因为想到雨巧，我不知道我还能想什么。我这样想着雨巧，在自己最无助的时候，而雨巧能够想到我吗？恐怕她的梦中还是只有一个李胜利吧。我穿过第二通道，来到这个完全一样的世界，我知道雨巧和我一样。这种同样的经历，让我更加想念她。

我突然疯狂地吼叫了一声：“雨巧！”然后大脑一片混乱，眼前一黑，似乎昏了过去。

我梦见了雨巧。我低低地喃喃地对着她说：“我在这里……我在这里……”这一切都是梦一样的，朦朦胧胧，恍恍惚惚。而我只能看到雨巧的眼睛，她的眼睛眨动着，一会儿不安一会儿焦急。我就在朦胧中看着她的眼睛，在心中反复地说着我爱你，我很爱你。

而这个梦就清醒了，落在我身上的雨也小了，我抬起头，一个人站在我的面前，打着一把雨伞撑在我的头上。

我用手把自己脸上的雨水抹掉，站在我眼前的居然是雨巧。

她的脸上似乎挂满了雨水，头发湿淋淋地搭在额头上。

我颤巍巍地说：“雨巧，是你吗？你怎么哭了……”

二十六　再次响起的声音

雨巧蹲下来，用手把我的打湿的头发拨开，小声地说：“你还活着……”

我伸出手把雨巧的手抓着：“雨巧，是你吧，我没有做梦吧？”

雨巧的手很温暖，那股暖意从我的手上传过来，让我心里也温暖了起来。

雨巧并没有挣脱开我的手，而是让我这样抓着，看着我低低地说：“我爸爸说你死了……”然后声音哽咽了起来。

我伸出另一只手，抚摸着雨巧的脸：“不，我没有死。雨巧，不要哭。”

雨巧把头低下，说：“我以为真的再也见不到你了。”

我用手抓住雨伞，侧向雨巧的一边，让雨巧不再淋着雨。

我挺直了身子，心中又升腾起了新的希望，我凝视着雨巧，说：“你是怎么找到我的？”

雨巧微微把脸侧了一下，说：“我听见你在呼唤我，所以……我……”说到这里雨巧的脸上泛起了一道红晕。我有点把持不住，几乎想一下子把她拉进怀里抱着。她难道听到我不断地说爱她了吗？

雨巧她喜欢我，她一定也是喜欢我的。

我正要使劲地站起来，一个女人的身影出现在我的旁边，同时传来冰冷冷的话语：“小姐，我们必须要回去了。徐总知道了一定会很不高兴的。”

我略一抬头，是我见过的照顾雨巧的那个女护士。

她已经伸出手来想把雨巧扶起来，同时继续说：“小姐，这个人很危险，走吧。知道他没有死就可以了。”

雨巧嚷嚷道：“我不走，我要和他在一起。”同时又向我靠了过来。

这让我心中又是一阵温暖，如果雨巧这个时候说让我为她去死，我肯定能够毫不犹豫地结束自己的生命。

“小姐，不行的，不行的。”这个女护士使劲地要把雨巧拉起来。

我身上不知道为什么，使不出劲，也不知道是不是该伸出手把这个女护士推开，或者把雨巧拉在怀里。因为我知道我现在没有资格这么做。

雨巧并不是这个女护士的对手，被她拦腰一抱，整个人被提了起来。

雨巧含糊地喊着："不要，不要，我不要回去！"并向我伸出了手。

我也把手举起来，想拉住雨巧的手，但是另外一个身影已经跑了过来，是一个绿制服，他把雨巧的手一架，在我即将拉住雨巧手的时候，雨巧就被他们拖开了。

雨巧拿着的雨伞就掉在了地上。雨巧还是向我喊着："不要，不要。放开我。"

我突然鼓起勇气，吼道："你们放开她。"正打算从地上爬起来，头部就被重击了一下，砰地一下被打倒在地上。我的头如同裂开了一样的疼痛，但是我还是能看到，把我打倒的就是把我和黑狗关起来的那绿制服长官。他不是黑制服，只是徐总家的警卫，这也是我加入第二通道后才知道的。

这个绿制服长官向我"呸"了一声："再动一下我立即要你的命。狗东西！你可真够麻烦的！"

我抱着头，闭上了眼睛，我被这样一击，的确连反击的能力都没有了。

雨巧的声音远去了并消失了，但是我最后仍然清楚地听到雨巧在喊着："我不要走，黎明哥，老公，你在吗？你在吗……"

不！不是这样！我在雨巧的眼中还是李胜利的一个替身而已，雨巧只是知道李胜利可能回到我身体里，我不过是找到李胜利的一个希望而已。

我的心被撕裂开，全身的血液都停止了流动，如同冰一样的冷。

雨密密地砸在我的脸上，雨巧丢下的那把雨伞在风雨中滚动着，逐渐地模糊了起来。

我又一次昏了过去。

再次睁开眼睛的时候，雨已经停了，天色已经有点发白。

我全身冰冷，连骨头都是寒冷的，我也不知道我自己到底昏过去了多久，当昏过去的那一刹那，我以为自己死了，但是我又清醒了过来。

我慢慢地坐起来，除了头上还是剧烈地疼痛以外，全身一点力气都没有。

我坐了一会儿，还是慢慢地从地上爬了起来，跌跌撞撞地向前走去。

不知道为什么，从我醒来之后，我脑海中只有一个念头：如果雨巧爱的只是李胜利，那我应该帮雨巧找到他。只有这样，我活着才有最后的意义，我才算一个配得上让雨巧爱的男人。为了这个，我也应该再活下去一段时间。

我再次摔倒在一个干燥避风的角落，哆哆嗦嗦地把手伸出来搓动着，我知道我可能经过这番折腾，开始发烧了。我身体一直非常的好，在记忆中几乎都没有生过什么病，最多有些感冒，热水里面泡一下就好了。

我全身没有一个地方是干的，湿淋淋的衣服紧紧地贴在身上让我更加觉得寒冷。

我摸了一下身上的钱，还都在口袋里，不过我已经没有一号卡了，这些钱是最后的一点资本。

我四下打望了一下，在街角处似乎有一个洗浴中心的招牌，写着华清池。

我没有犹豫，挣扎着从地上爬起来，哆哆嗦嗦地向这个洗浴中心走去。

当我泡到热水中的时候，我的身体才舒展开来，身上的寒意才慢慢地退去了一些，不过我的眼睛胀痛，头也是几根筋一起拉扯一样地疼痛着。

要不是我掏出了两张湿漉漉的百元大钞摊在柜台上，这家洗浴中心也不可能让我进去。人情冷暖啊，在你落魄的时候，除了兄弟朋友会帮助你，其他人都是唯恐避之不及，管用的还是钱而已。但是，我所有的兄弟朋友，包括我的家人都死了。黑狗我也不愿意再见到他，以免他也遭到不幸。

我如同死人一样泡在热水中，半天才觉得体力恢复了一点，我不断地问自己李胜利在哪里，我怎么才能找到他。李胜利的长相、口音、多高多胖也都是统统不清楚，我能到哪里找到他？李胜利在我脑海中的时候，连他也说不清自己到底在哪里。

不过我只知道一条，李胜利是被深井抓住了，应该在深井的控制之下。那么，难道我要去找深井吗？找到深井才能找到李胜利吗？好像唯一的办法只有这个了。不过到哪里去找深井？

我回忆着和李胜利相处的一幕幕，深井似乎并不是我想找到就能找到的。不过在我听到一个店里面的伙计吆喝着什么地图放哪里了，我才把那个我几乎忘得一干二净的信封里面的地图想起来，是那张剪成长方形，中间有一个湖，湖中间画着一个圆圈的地图。而且，我还记得，李胜利说这里是一个叫什么海的地方。

也许这就是找到深井的突破口。

我反正也无所谓了，只要能找到李胜利，告诉他雨巧在找他、在等他，甚至能够让他俩见上一面，让我被深井抓到做小白鼠也好，被 A 大队抓到关起来做人体实验也好，还是被第二通道杀掉也好，我觉得都值了。

作为我这样一个已经决定放弃自己生命的男人，如果还能为自己心爱的女人做成最后一件事情再去死，也就死得其所了。

我从水池中爬起来，打算最后去冲洗一下，刚把脚迈上去，就听到脑袋中传出一个声音："谢谢你，赵成！"

这种熟悉的感觉如同触电一般地袭来，以至于我身子一软，咚地一下重重地摔倒在热水池中。

我从水池中爬起来，站在水池中央，脑中大吼着："你是谁？"

那脑中的声音慢慢地说："我是李胜利。"

我根本不相信这个时候李胜利居然会回来，我在大脑中咒骂着，同时用手拍打着水面："孙子！你玩我啊，你说你是李胜利就是李胜利了？"

那个声音沉默了一下，说："我就是李胜利。"

我还是在脑中怒骂着："孙子！你有毛病啊，说来就来啊！我这里是啥啊,妓院？你这个贱货是来看我的笑话的吗？给我滚蛋！"

那个声音说："你爱上雨巧了？"

这句话一说出来，我狂躁的情绪一下子就被浇灭了，居然又慢慢地坐在水中，平静了下来。

我想："是的，我爱她。我很爱她。怎么着吧！"

李胜利说："你不能爱她。因为李胜利爱她。"

我想："凭什么！你能爱，我就不能爱？王八蛋，就算你知道我想什么，我想怎么样你管得着吗？"

李胜利说："我的确管不着。不过，你不能爱她。"

我一下子怒火又腾腾地燃烧起来，这个不知道是不是李胜利的王八蛋,如果他不存在,雨巧一定会爱上我的,这个畜生怎么不去死？居然回来说我不能爱雨巧。凭什么？老子就要爱雨巧！！老子就是想把雨巧从你这个不知道躺在哪个阴沟里面的臭虫身边夺回来。我是想雨巧快乐幸福，绝对和你李胜利无关！如果不是雨巧这么爱你这个王八蛋，我绝对不会去找你！！我希望你死！！不过，雨巧一定会非常伤心的……但是,你这个鬼东西又回到我这里是什么意思，一感觉到雨巧可能喜欢我就滚回来了？

我在大脑中歇斯底里地咒骂着："李胜利，你给我滚出我的身体！"

李胜利说："我在这里并不妨碍你，而是能帮到你！"

我脑中怒骂着："不需要！老子说把你这个阴沟中的臭虫翻出

来，只是想让雨巧开心。老子根本不需要你！”

然后我一拳砸在池子的瓷砖上，打得骨头如同断裂开来一样疼痛。

我脑中狂叫着：“疼吧！嗯！我知道你也能感觉到疼痛！受不了吧？啊？告诉你，我受得了！老子以前天天打架，这点疼我都没有感觉。滚不滚？嗯？滚不滚？”

我又转过身，使劲地用头磕着池子边，顿时我脑门上也是皮开肉绽、鲜血直流。我恨啊！这不只是想让李胜利走，而是自己作为一个男人得不到心爱女人的心，而那个情敌却站在我身边嘲笑我，是那种吃醋和愤怒到了极点。

我用头咚咚地砸着池子，以至于服务生都赶紧跑过来围着我，但是也不敢动我。

我停下来，对李胜利吼道：“疼吗？疼吗？我一点都不疼！”

李胜利没有说话，但是我知道他还在。

这个时候一个可能是胆子比较大的服务生说话了：“先生，您别这样。您什么事情想不开值得这样啊。”

我满脸是血地看着这几个服务生，居然平静地说：“不好意思，我老婆跟人跑了，我心情不好。你们费心了。”

那个服务生赶紧说：“先生，您流了好多血。能包扎一下吗？别吓到其他的客人了。”

我从水中爬出来，说道：“好的。”

我的确是失态了，浴室是个公众的地方，我这样做任何人都会觉得我神经有问题。既然李胜利没有说话，我也没有必要再在这里胡闹，顺从地听服务员的安排，将自己脑门儿上的伤口用创可贴包扎起来。

这些人送瘟神一样，连钱都不要我的，还送给我一套衣服，让我赶紧走。

不过，我知道我是直接付了二百元的，这些人还不至于做亏本的生意。

从洗浴中心出来，天已经大亮了。

因为泡了个热水澡，加上换上了干净的衣服，除了头还在剧烈地疼痛以外，身上总算有了点劲。

在街上晃了几步，就钻进一个小早点摊儿的角落，一屁股坐了下来，要了碗馄饨。

我在脑中喊了好几声，李胜利才说话："赵成，我知道你很难受，但是，你这样做是没有用的。"

我苦笑了一下，想："是的，我现在知道是没有什么用了，对你这种阴沟中的臭虫，我自己折腾自己你也没有什么反应。"

李胜利说："我们还是朋友吗？"

我想："我们还能是朋友吗？我们是情敌。不过，你赢了！"

李胜利说："如果没有雨巧，我们是朋友吗？"

我想："可能会是的，毕竟我曾经认为你是我的人格分裂。而且，我也曾经非常信任你。"

李胜利说："那你会改变寻找我的念头吗？"

我想：“不会的，我如果不是因为还有寻找你的念头在支撑，我根本不想继续活下去，不过，我是为了雨巧，不是为了你。”

李胜利说：“谢谢你。”

我脑袋一片乱麻，一时间也不知道该想什么，李胜利的突然出现的确给了我当头一棒，却让我的希望又增多了一点，我是有可能找到李胜利，而让雨巧幸福的。

于是，我平静了一下自己的情绪，在脑中想：“你怎么回来了……怎么回来的……”

李胜利说：“我回来很久了，不过，我一直不能和你说话而已。”

我想：“什么时候？”

李胜利说：“当你从印度洋回来以后，我就回来了。”

我想：“什么，你一直和我在一起？王八蛋，怪不得我那段时间噩梦不断，原来是你这王八蛋搞的鬼！”

李胜利说：“是的。一直和你在一起。”

我想：“那你怎么又能说话了？”

李胜利说：“因为雨巧，而且你的意识在雨巧出现的时候和我合拍了。就是这样。”

我想：“你上次不是走了吗？”

李胜利说：“是的，我上次被发现了。但是，现在的我已经不是以前的我了，而你也不是这个世界的赵成。”

我想：“那你这个孙子是谁？”

李胜利说：“我还是那个李胜利。不过……”

很奇怪的感觉，这次的李胜利说话反应的速度很快。

李胜利接着说："不过……如同你认为的，我不是以以前的那个状态在和你说话了。我说的并不是我想的，但是我还是知道你在想什么。"

我想："那你是不是李胜利我很怀疑！"

李胜利说："你没有必要怀疑，因为……"

他说到这里，突然一股强烈的感情涌入了我的思维中，是一种非常浓烈的对雨巧的爱以及悲伤，这种感情涌上来我也马上感受到了，甚至眼圈一下子就发红，鼻子发酸。

李胜利说："感受到了吗？"

我心中一惊，想道："怎么，这是你的感情！为什么传达给我？"

李胜利说："现在你知道我就是李胜利了吧。"

我想："你变了，以前你是没有感情传达给我的。"

李胜利说："因为你来自另一个世界，所以我能够很容易地这样做。"

我想："你不怕再被收回去吗？"

李胜利居然笑了，我知道他笑了，这种感觉和以前也是完全不一样的。李胜利说："这次不会的。"

我还要想，李胜利已经打断了我的思想，这种打断是非常生硬的，也不像以前我天马行空地乱想，他跟着我，而是李胜利能够直接打断我的思维，说道："你不要想太多了，现在，你应该在今天晚上去那个地图上的地方。我在你脑中，你只要喊我，我就会出来。"

我立即想道：“你要去哪里？”

但是，我知道李胜利的思维一下子消散了，只能感觉到一个小小的亮点存在于大脑中，这就是李胜利。

我坐在那里面发了半天的呆，这个又是朋友又是情敌的叫李胜利的男人，我对他的判断也完全混乱起来。

不管怎么样，我决定必须到那个地图上的位置去。

我那碗馄饨一口也没有吃，因为我根本没有胃口。

我站起身，想埋单走人，但是一摸身上，这已经不是我穿进洗浴中心的衣服了，而是别人送给我的烂糟糟的服务生穿的衣服。我现在是身无分文，连身份证都没有了，我居然忘了这些！都是李胜利闹的！

我用手拍着自己的衣服，傻呆呆地站着。

老板娘笑眯眯地看着我。我知道她可能要说：“一共一块五毛。”

我一下子不知道该怎么办了……

二十七　按照红线的指示

我头脑中闪出上百个我曾经当混混的时候赖账的做法，但是都觉得不合适，于是我打算还是直接告诉这个老板娘我身上没有钱，下次一定还给她。

正当我要开口说，这个老板娘居然走过来先说话了：“哦，小伙子，有人帮你付过了。”

我“啊”了一声，本来想问谁帮我付的，但是忍住了，只是含混地说了声：“啊，好的，谢谢啦。”然后就忙不迭地走出这家小饭店。我也不知道我到底是在谢谢谁，反正这个问题解决了就好。

我刚迈出门口，突然想起一件事情，于是回头问这个老板娘："老板，请问一下，燕北有个叫什么海的地方吗？"

根据对地图的回忆，我啰啰唆唆讲了半天，还是得到了老板娘比较肯定的答复："那个地方应该叫后海。离这里不远。"然后讲了一大堆我该如何如何走，我听得是云里雾里，根本没有记住。最后只好做了一个手势往哪边，老板娘就笑盈盈地一指。

我本来想回到浴室把我衣服里的钱和身份证拿回来的，后来怎么想也觉得没有必要了，既然都这样了，还去拿这些身外之物有什么用，赶紧走吧。

走了没多远，我就傻呆呆地站在一个十字路口发愣了，应该怎么走我完全就搞不清楚了。

我脑中喊了好几声李胜利，但是李胜利并没有回答我。我想反正我知道地名了，干脆问一问人吧。不知道是巧合还是什么，我只听到身后啪的一声。我回头一看，身边并没有什么人，居然在我脚边躺着一份地图。我四处打量了一下，尽管身边是人来人往的，但是并没有发现任何人有什么不对劲的地方。

我把地图捡起来，轻轻地"哎"了一声，四处又打量了一下，这个地图仿佛就是从天而降的一样，没有人多看我一眼。

我拿着地图，靠到路边的墙根下，小心地打开了。

刚打开两折，就看到两张崭新的一百元人民币呈现在我面前，我心中一惊，也没有多想什么，就立即把这二百元钱抓起来装入口袋。

再打开，我就看到燕北市地图的全貌了，在地图上，有一条很刺眼的细细的红线从一个地方开始打了个X，一直弯弯曲曲地延伸到一个湖边，在湖边打了个圈。

而我也迅速地打量了一下我所处的位置，这个红线的起点，就是打X的位置，居然就是我站立的地方。

看来，这条红线是要指导我怎么到这个叫后海的地方去的。

我猜测这可能是深井的人干的，从李胜利出现以后，深井也突然出现了吗？这种神龙见首不见尾的做法很像深井的风格，但是既然深井也想我找到他们，为什么不直接露面？把我抓走不就得了，何必搞得像生怕其他人知道一样？难道他们也担心又被A大队盯上吗？

但是我又困惑起来，为什么李胜利也让我去这个地方，而且我就真的能够得到帮助？那么李胜利现在到底和深井是什么关系，是不是，也和我一样，加入了深井？

这个地图指示的路径并不都是大道，有的地方是小胡同和一些人烟稀少的地方。还好这张地图指示得很清楚，寻找起来并不费劲。

走了两个多小时，正在我低头看地图的时候，迎面就撞上来一个人。我“哎呀”一下被撞了个趔趄，手上的地图也被他撞掉在了地上。我正想发火，这个人就冲我微微一笑，倒让我一下子发不起火来，他这个笑容似乎有什么含义。这个人连连说着对不起，就快步地走开了。

我心里骂着这个鬼东西走路不长眼睛，把地图拿起来一看，大吃一惊，刚才的红线居然变化了，我清楚地记得红线大概的形状，但是现在却是完全不同的，路线发生了变化。原来的起点改变了，后面的线路也改变了，很明显，新的起点是我目前站立的地方。

我立即转过头，刚才那个人已经无影无踪了。我以前在南海也经历过类似这样的突然路线变更的事情，一定是有原因的，而这个时候如果你惊慌失措，反而会带来被动。

于是，我笑了笑，按照新的红线的方向走了下去。

一路上这种情况又发生了两次，让我觉得挺有趣的。总是一个人快步地靠近我，有意无意地和我撞一下，用身体去触碰我手中的地图，再打开地图，红线就变化了。一次是指示我回头走，一次是让我突然横穿大马路。我都照着做了，这个红线好像是在指示我躲避什么，每次要躲避什么之前，就会有一个人跑出来和我接触一下，不过自然到只是街头和人擦肩而过发生的触碰。

这种有趣的行程倒让我走起来不觉得吃力，好像是在做一个什么游戏似的。

我很快就接近了打 X 位置不远的地方，天已经全黑了。我借着去小卖部买水的时候问了一下，卖东西的告诉我八点五十了。

这里应该就是后海，果然如同地图描述的，是一个不算太大的人工湖。这里显得非常的热闹，在马路边有扭秧歌的，有跳健身舞的，也有很多老外和三三两两嘻嘻哈哈的年轻人走来走去。我抬头一看，路口有一个仿制的门牌匾，上面写着三个大字：莲花池。

我从这里穿过，按照地图上的线路往里面走去。

当走进去，我发现这里应该是一条酒吧街。很多穿着艳丽的女人和时尚的年轻人在这里穿梭不停，我穿着如同桑拿服务员一样的衣服，又是皱皱巴巴的，在大街上可能的确不显眼，但是在这里就显得有些另类了，以至于吸引了不少人鄙夷的目光。

我也懒得搭理他们，还是按照路线径直地向里走去。走了没有多远，正当我侧脸被一个酒吧里传来的咚咚的鼓声吸引了一下，就又被撞了一个趔趄。好家伙，这次做得是不是有点明显了。我正在想着，耳边已经传来了一阵鸟语，我一看，果然是一个金发碧眼的大个子老外，看那样子他应该在给一个女老外拍照，后退的过程中撞到我了。

我没有怎么在意地冲他点点头，笑了笑，往前赶了几步，钻到湖边的围栏那里，又把地图打开了。

这次，地图上红线居然消失了……我仔细地找了找，红线的确消失了，难道是刚才那个老外撞了我一下造成的吗？我回过头去找，不过十秒钟他们就消失了。

我心中一阵慌乱，完了，线索断了……

二十八 仿佛欢聚一堂

我四下张望着，把这张地图收了起来，没有红线的指引，我不知道是凭着记忆到那个终点去，还是在这里继续等。如果按照我的记忆，最终的目标就是在这个湖的对岸，我只要绕着湖一圈就能够到达。

我思想激烈地冲突着。我盯着湖中心，不断地在大脑中喊着李胜利，但是毫无反应。

正在我犹豫不决的时候，身后传来一个声音："请问是赵先生吗？"

尽管这里是人来人往的，但是那声音却仿佛是从黑暗的墓地传来的。

我整个人抖了一下，迅速地回头。一个穿戴很整齐的像服务生一样的秀气男生正注视着我，看到我的表情，他居然也吓了一跳似的往后退了一步。不过我们两个人很快就都缓过劲来。

我说：“你找谁？”

“你是赵先生吗？”

我犹豫了一下，回答道：“是的。我是。”

这个服务生如释重负一般说：“有位小姐想请你喝一杯。”

我说：“哦？哪个小姐？”

服务生上下打量了我一番，眼神中露出一丝鄙夷的神色。于是他强作客气地说：“在我们酒吧里面，您方便吗？”

我在南海的时候，任何社交场所都出席过，给我敬酒的人不少，也有不少美女目的不纯地投怀送抱，但这种女生主动邀请我喝一杯，我还真的没有经历过。

我不知道下一步该怎么办，看着这个服务生，似乎也没有什么恶意，去就去吧，于是说：“哦，好的！请带路。”

这句话又拿出了我在南海的气势出来，这个服务生也似乎感觉到他其实是狗眼看人低了，我是大有来头，马上神态一转，分外恭敬起来。在这些场所里面混生计的小屁孩，我见得多了，察言观色还是有一套的。

在这个服务生的带领下，我走进了一个叫兰莲花的酒吧。

这个酒吧装修得还是比较讲究的，看得出来老板很是花了心思，大堂里面正有几个外国人在那里弹奏演唱。比较有小资情调的酒吧。

服务生很客气地把我带到了二楼，灯光昏暗，一侧是大的落地窗户，可以很直接地看到外面的景色。没走几步，这个服务生在窗边一个薄纱曼妙的小隔断停下，做了一个请的动作。

我看到一个头发长长的女子背对着我坐着，我也没有客气，一屁股坐在她的对面。

这个女子盈盈地一笑，把手伸出来，说："赵先生，幸会！"

借着窗外的灯光和桌上蜡烛的摇曳烛火，一个如同清水芙蓉一样的女子向我伸出她的纤纤玉指，同时露出一排很漂亮的牙齿！

我看着这个女子，心中猛地一荡，这样的女子竟有些超凡脱俗的感觉。

我一下子还不知道如何应对了，迟迟伸不出手来。

这女子还是盈盈一笑，说："赵先生，你好。"

她的声音也是清脆得很，显得真诚和单纯。我回过神来，赶快把手伸出来，轻轻握了她的四根手指一下，立即放开了，居然脸上一阵微烫。

我躲避了一下这个女子的目光。因为她毫不避讳地牢牢地盯着我的眼睛。

我含含糊糊地说："你好。"心中同时一阵胡思乱想，难道这是个美人计？艳遇？我这样的落魄样子，怎么可能得到这种美人的青睐？一定有什么问题。不过能栽在这样女子的圈套中，倒是也开了眼界。

那女子给我倒了一杯清茶，看得出她已经认定我会来，摆了两副茶具，然后还是牢牢地盯着我，甜甜地说道：“我叫小田。”

我把心中的起伏压制了一下，说：“田小姐，你是否找错人了？”

小田淡淡地一笑，又让我心中一荡。

“不会认错的。”

“有什么事情吗？你怎么认识我？”

正说着，身边几道妒忌的目光就向我射了过来，余光一看，二楼离我们不远的几个衣着体面的男人都正在上上下下地打量我。这种妒忌的眼光倒让我得意了起来，心中一松，故意把身子往前一倾。

小田还是盈盈一笑，说：“赵先生不是迷路了吗？”

我“哦”了一声，说：“谈不上迷路吧。”

小田说：“如果您还在南海，怎么会迷路呢？”

我心中一痛，如果我还能回到以前的生活……不过，我知道，我已经永远不能回去了。

我说：“小田姑娘，我不明白你要和我说什么。”

小田说：“赵先生，你是不是已经对过去的一切都死心了？”

我笑了笑说：“老实地告诉你，我没有过去，也没有将来。”

小田甜甜地笑了笑：“赵先生，你说的是真心话吗？”

面对这种女子，我不知道还有什么可以隐瞒的，如果不是因为雨巧，我可能根本就不想再活下去。

我淡淡地说：“对于已经不想活下去的人，还有什么必要说假话呢。”

小田说：“赵先生，如果你能够忘掉一切，重新开始，你会怎么选择呢？”

我说：“忘掉一切？小田姑娘，你说得很容易，但这是不可能的。”

小田说：“如果呢？”

我深深地吸一口气：“如果有这种可能，我想知道我能够选择什么。”

小田又笑了：“赵先生是自己也不知道怎么选择了吧？”

我说：“是的。”

小田说：“好的，赵先生，你果然和他说的一样。”

我一听到他，马上脑海中泛起无数个人物，于是追问道：“他是谁？”

小田说：“你认识的一个人，而且，你们很快会见面。”

我接过话去：“李胜利？”

小田笑了笑，并不回答，而是说出一句令我瞠目结舌的话：“你喜欢我吗？”

我顿时哑然，这样的女子我不喜欢是假的，但尽管是喜欢，却没有那种对雨巧的感觉，我对雨巧是爱。我承认当我听到小田问的时候，脑海中涌现出的是一种强烈的占有欲。

所以我思索了一下，回答小田：“喜欢，只是喜欢。”

小田说：“你是说你不会爱上我？”

我说："是的，我的心中已经有了一个女人。没有其他女人的位置。"

小田笑了笑，把头发轻轻地抚弄了一下，说："好的，我明白了。"

然后，她从身边拿出一张卡片，递给我。

我接过来一看，上面密密地写着深红色的字：赵成，我们是深井，但又不是深井。在今天，湖中心会升起一个管道，请进去，不要犹豫，因为时间提前了。在那里，你会见到你想见到的人和不想见到的人。从进入这个管道，你将不再是赵成。我们会保护你进入这个管道。你可以不来，这样我们也会永远从你的世界消失。如果你决定来，请把这张卡片还给小田；如果不来，请将这张卡片收藏起来，我们会安排你离开这里。

我看完，抬起头看了看小田，小田说："决定了吗？"

我点点头，把卡片递给小田，小田把卡片接过来。我亲眼看到那张卡片在小田触碰的一刹那，所有红色的文字迅速地消退了，变得空空如也。

小田说："赵先生，走吧。"

我说："怎么走？"

小田说："你下楼就知道了。"

我站起来，突然觉得二楼安静到了极点，并且非常的诡异。我环视了一下四周，除了灯光还在亮着，什么声音都没有，坐在那里的几个人如同雕像一样一动不动，甚至还有一个人正在望向我这边，但是目光凝固了。

我回头看了看小田，小田冲我笑了笑，做了一个请的手势。

我只好迅速地向楼下走去，楼梯上正有一个女服务员，拿着两个装着饮料的玻璃杯子正向上走，但是也凝固在那里，表情显得非常的自然。

我咚咚地快步下楼，这个女服务员如同蜡人一样呆呆地保持着向上走的姿势，玻璃杯子中的水还在我下楼的震动下微微地摇晃着。

我心里一阵阵的发冷，一下楼就冲出了这个酒吧。

这个世界凝固了。

但是有声音传过来，酒吧播放的音乐，所有的人保持着一个状态凝固着。大街上，有几个人保持着古怪的姿势摔倒在地，脸上的表情居然还像在说话一样，望向一边。

世界好像只有我一个人是活动着的，这种情景让人觉得疯狂！时间仿佛停止了，所有的人都停止了。

我的大脑中的一根神经一样的东西咚咚地跳动着，拉扯着我的大脑异常的难受。

我想喊叫，但是喊不出来，我快速地走了几步，这种一切都静止的感觉让我心脏好像也不跳动了，我觉得我真的已经不是这个世界的人了。刚才看到的那个小田，根本就不像是这个世界的女人。我甚至觉得刚才只是我一个诡异的噩梦而已。

而一只手，突然把我抓住，拉向了一边。

我号叫了一声，奋力地想挣脱开，只听到一个男人的声音："不要紧张，马上就好了。"

我侧过脸一看，是一个留着平头、眼光如同鹰一样锐利的男人。

他继续说："我是老鹰。"同时，手上加力，没有让我甩开他。

他把我几步拉向了一个阴暗处，说："请镇定。"

话音刚落，整个世界又苏醒了，酒吧里歌手的演唱又猛地传了出来，大街上的人群也移动了起来，仿佛暂停的录像又开始播放了一般。

不过，那几个摔倒的人，还是满脸困惑地爬了起来，挺不好意思地和同伴叨咕了几句，似乎也没有感觉到任何的异样。

这个叫老鹰的男人说："赵先生，以后会有人给你解释这一切。现在，请跟我来。"

刚才的那一切实在太过诡异，我大脑一片空白，只是被老鹰拉着。

走了一段，老鹰松开了我的手，提醒我跟着他。

我们走出了这个热闹的灯火通明的街道，从一个大门绕到了一条比较黑暗的小路上，仍然马不停蹄地向前走着。

正走着，从路边的阴暗处闪出了几个人，挡在了我们前面。

我想，糟糕，可能是来者不善。老鹰也停住了脚步。

老鹰冷冷地说："B2、B3、B4、C1，你们是想阻止我吗？"

其中一个中年男人笑了起来："老鹰，我们只是来看看而已。"

一个很漂亮的女子也说："如果要阻止，我们早就阻止了。"

老鹰没有说话，又往前走去，我也只好跟着老鹰，我知道这些人应该是 A 大队下属的 B 大队和 C 大队的人。

老鹰从一个高大的男人身边走过。这个男人说："老鹰，我们下次会再见面的。"

老鹰头也没有回，说："老虎，我很期待下次见面。"

一个声音从旁边的阴暗处飘出来："我也很期待。"同时一个斯斯文文戴着眼镜的男人走了出来。

老鹰说："士大夫，时间不会很长的。"然后带着我头也不回地走了。

我没有敢回头，这些人的目光牢牢地盯在我的背上，让我觉得寒冷。

随后的道路上，几乎是所有人的目光都向我们扫过来，各种异样的，但是都是一掠而过，决不停留。

老鹰有时候会冲着目光的方向点点头，有时候又会眼中闪出寒光。

当走到一座桥上的时候，前面靠着栏杆的几个人慢慢地转过身来，两张熟悉的脸庞出现在我的眼中。

是徐总、温希儿和另外两个陌生人。

老鹰并没有停步，而是带着我从徐总身边擦身而过。

徐总好像并不是在对我们说话："小赵，天气很不错啊，适合长途旅行。"

我用余光打量了一下徐总，他居然在笑。

温希儿甜腻腻的声音也从我身后传来："可别没有良心哦，记得回来看看啊。"

走下了桥，刚一转弯，我立即被一个身影吸引了过去。在远远的街角，一个纤细的身影站在淡黄色的灯光下看着我，身边还陪着两个人。

我知道那是雨巧，她并没有走过来，只是静静地在那里站立着，目光缓缓地看着我。

我很想冲过去抱住雨巧，告诉她我想和她在一起，但是我克制住了，一路走来，好像是一出人生的戏剧，我应该把我的角色演完，不要再多生枝节。

很快，雨巧的身影也消失在我的目光中。

这似乎是一种诀别，我好像在告别一切。

在路边的黑暗中，一辆车里有目光望出来，我知道，那可能就是 A1 或者 A2。

老鹰一直在催促着我跟紧点，最后我甚至都小跑了起来。

直到终于停了下来，我能看到，在湖边，停着一只小船。

老鹰指示我从栏杆上翻过去，跳到小船上，小船上有两支准备好的船桨，然后老鹰说："划到中间。"

我听话地把船划动了起来，但是我觉得好像还有点遗憾，于是又向岸上张望了一下。

黑狗没有出现，看来，黑狗是不会来的，因为黑狗什么都不知道。

正当我划出几米之外，我听到岸上有个熟悉的声音传来："成哥！"

我抬起头，在老鹰的身边，黑狗正站在那里，也不知道他是什么时候冒出来的。

我的眼泪一下子忍不住地流了出来，不仅是因为我看到了黑狗，而且，我才发现，我原来才是什么都不知道的人。

黑狗喊了一声：“成哥，原谅我！”

老鹰拉了拉黑狗，黑狗把头低下，不再看我了。

我心中并没有责怪黑狗，我只是默念着：“再见，再见……”

逐渐地，老鹰和黑狗的身影也消失了，而我就在这个湖的中间。

轻轻的一阵水响，一个漆黑的管道从水中升了起来，离我很近。

我把船划过去，靠近这个管道，往里面望去，黑漆漆的，一点亮光都没有。

我再也没有什么犹豫，头朝下向里面跳了进去……

二十九　我到底是谁？

一片漆黑，管道里面湿乎乎的，我头朝下顺着管道滑动了一下，半个身体就埋在了水里。

居然是有底的，我整个头泡在水里，使劲用手撑着管道，想让自己的头抬出水面。

但是失败了，这个管道是如此的狭窄，我根本没有力量转身甚至伸出手臂。

我心中惨笑一下，不会我就这样狼狈地淹死了吧，这个死法也太不光彩了。

怪不得这么多人最后出现了，原来是目送我去死的！

很快我就憋不住了，水从我鼻子里倒灌进来，我噗通噗通地喷着气泡，脑子里就一句话："奶奶的，我不甘心！"

我猛地喝下一口带着污泥的臭水，肺部剧烈地难受起来。我要死了……

就在这时，我的头顶忽然一松，整个底部裂开了。我就哗地一下和着这些污水掉了下去。

这居然是一个滑道，我猛烈地咳嗽着，同时身体翻来倒去地在管道中高速滑动。等稍微清醒点，我发现我正在一条光滑无比，但是毫无光亮的金属管道中快速地向下滑去，而且，速度越来越快，还伴随着激烈的转弯，几乎让我的心脏都在离心力的牵引下从身体里跳出来。

几次这样转弯后，我逐渐有些适应了这种高速的运动，也平静了下来。微微抬起头看去，伸手不见五指，只听到我和管道摩擦发出的嗡嗡声。

在这样的一个地方不知道目标地滑动下去，我只是觉得特别的无助和悲伤，个人的力量是如此之小，在这些伟大到恐怖的工程面前，你的能量只能被无情地吸走，而没有任何反抗的机会。

我不知道滑动了多久，以至于有些微微的倦意。

和第二通道不断地修建大小不同的通道一样，这个管道也是不合逻辑的。有的地方是螺旋形的，一圈圈地前进，我就如同坐过山车一样一会儿正过来一会儿倒过去。

我想，万一这是个没有终点的管道呢？我是不是将永远在这条管道中滑动下去？

不过，我的猜测是错误的，经历了数个小时的滑动后，终于在几个起伏和转弯后，我的速度降了下来，而且，开始有些微微的光折射在管道中，使管道有了一丝丝的光亮。

而管道也正在逐渐地变得粗大，在又转了一个弯以后，有很强烈的光射了进来，让我觉得有些刺眼，所幸很快就适应了。管道在光的照耀下发出灰色金属的光芒，现在管道已经很大了，足足有一个房间那么大，并且，还在不断地变大。

这种感觉就像你从一个大喇叭里面滚出来。

又两个起伏之后，我的速度已经降到我几乎可以控制住。

终于从管道中掉落出来，摔在一堆软软的垫子上面。从飞速移动到静止，我一摔在垫子上就觉得头昏眼花，勉强爬起来，但是脚下发软，根本站立不住。而且，头昏到眼前的一切都是旋转和朦朦胧胧的。但是不知道为什么，我还是不断地爬起来，再摔倒，再爬起来。我觉得如果我躺在那里静止不动，可能会更糟糕。

我从垫子上摔下来，头碰上了坚硬冰冷的金属地板，这反而让我觉得好受了一点。

同时听到了有脚步声向我走来，我甩了甩头，定了定神，从地上爬起来靠着垫子坐着。

这里是一个巨大的山洞，山洞之高简直望不到尽头，而我就在山洞的一侧的角落里。几个穿着蓝色制服的人正微笑地看着我，显得分外的亲切。

而他们身后不远，是人来人往、川流不息。更奇怪的是，这些人身后不远，是飘浮在地板上的、几个巨大的淡黄色鸭蛋一样慢慢旋转的东西，这种东西我在逃到燕北的路上见到过，不过更加巨型，似乎就是巨型的太岁。

整个山洞的地面是一种暗灰色的金属地板，画着好多古怪的线路。再往远处望，这个山洞的大厅中停着不少这样巨型的太岁，许多穿着蓝制服的人在它们周围转来转去，不时在旁边的孤零零的机器上操作着什么。而山洞的墙壁，被一种深绿色的东西覆盖着，一直延伸到山洞顶部。

我一手撑地，慢慢地站起来，身上的衣服已经全干了，这种高速的运动仿佛甩干机一样，早就把我身上的水分甩出去了。

一个穿着蓝制服的人走上前来，对我微微一笑，说："赵先生，你好。"

我扶着这个垫子，没有看他，只是到处张望着喃喃地问："这是哪里？嗯？"

这个蓝制服说："这里是神山3局中国区的总部。我叫张四民。"

我"哦"了一声，才仔细地打量这几个人。

他们都穿着蓝色的制服，在胸前有一个标志，是一个红色的火焰，也是我曾经见过的。看起来都很和气，一点也没有暴戾之气，这和我向燕北逃亡的路上见到的几个深井的人相似，也有不同之处。

我说："深井？"

张四民说："对。外界叫我们深井，实际上我们叫神山。"

我又“哦”了一声，我实在想不到我怎么会到这个古怪的地方。

张四民接着说：“这位是李二田，这位是王十六林。”

那两个蓝制服也很客气地向我问好。

我蹦出一句话：“李胜利呢？”

张四民笑了笑，说：“跟我们来好吗？”

我不知道为什么有点生气，好像很久以来，我都一直被他们摆布，所以我吼道：“少给我玩些花招！叫李胜利出来！”

那三个人也不生气，那个叫李二田的说：“李胜利一直都在。”

我骂道：“放屁！”同时脑袋里喊道，李胜利，你给我滚出来。

这三个人也不说话，还是笑眯眯地看着我。

我刚在大脑中骂完，就感觉到我大脑中李胜利留下的那个亮点一下子扩散开来。

然后，一个声音在我脑中响起：“我在这里。赵成，辛苦你了。你跟他们走，就能见到我。”

我脑中马上回骂道：“你现在才出来！你玩够了吧？嗯？这是什么鬼地方？”李胜利说：“你难道不想见到我吗？”

我于是看着这三个蓝制服说：“你们带路吧。”

三个人对视了一下，还是笑眯眯地说：“赵先生，请跟我们来。”

然后他们在前面带路，我在后面跟着，穿过了整个大厅。

如果不是亲眼所见，我可能不会相信我看到的是真的。每当我经过一个慢慢悬浮旋转的巨型太岁的时候，这个太岁都会发出一阵轻微的嗡嗡声，而体内好像有个光点也看着我似的。

我一和这个光点对视，就会在脑海中想起嘶嘶的仿佛人说话的声音，弄得我脑袋很涨，眼光离开光点，嘶嘶声就会消失。

整个大厅的地板尽管是金属的，但是人走在上面，好像下面是空的，有些弹性。而来来往往的人看到我也都友善地向我笑笑，好像与世无争的感觉，这让我又想起那个小田来。

我如同梦游一样跟着他们走过这个巨大的大厅，来到了山洞的墙边。原来墙上铺着一层好像草垫一样的植物，看着非常的整齐。

张四民示意我站在他们中间，随后他和李二田双手发出了红色的光芒，我正面的整个草垫子就陷进墙里，毫无声息地打开了一扇门。

张四民做了一个请的手势，我也没有想什么，就径直走了进去。张四民他们就跟在我的后面，身后传来了轻轻的门关闭的声音。

这是一个石头的走廊，如果不仔细看，你真的不会认为这是石头，因为光滑得如同镜面，只有一些细微的石纹证明这些是石头。好像这个走廊是整体从石头中切出来的。走廊的顶上，有些地方是透明的，发出柔和的白光，使整个石廊显得很舒服。

我一个人在前面走着，张四民则跟着我，也不说话。

走了七八十米，才看到一个新的房间，这次终于不是石头而是金属的了。

我一走进这个房间，门边上站着的两个人就靠过来，同样穿着蓝色的制服。后面的张四民他们就退下了。

一个戴着眼镜、显得很斯文的人说道："赵成，你好啊。我叫冯六德。不过，你可以叫我麦子。"

而另一个人笑了笑，也自我介绍道：“你好，我叫孙十一立。你也可以叫我山猫。”

这些人的名字实在是很难记，都是有编号似的。

所以，我对那个叫麦子的说：“可以见到李胜利了吗？”

麦子笑了笑说：“可以，请跟我来。”

又是跟他们来，我不知道为什么李胜利要搞得这么神秘兮兮的，本来我以为到了这里是一场恶战或者地狱一样的恐怖，怎么和想象的完全不同，所有人都是客客气气的，让我连火都不好发。不过，我还是忍住了，跟他们走吧。

又是一通乱糟糟地穿越房间，不断地上上下下的过程，我甚至感觉我是不是回到了第二通道的总部，而且，也是如同迷宫一样复杂得毫无逻辑。

这种折磨人的路程足足折腾了半个小时，我很不耐烦地问道：“到了没有？”那个叫山猫的转过头冲我一笑：“到了。”

于是，我前面一扇门打开了，这是一个巨大的房间，一进门就看到一个人坐在正中间，头上戴着一个硕大的金属帽子，而帽子上有无数根电缆一样的东西插在上面，越往上越多，以至于整个天花板都是由这些电缆构成的，呈一个漏斗状收缩于这个人头上的金属帽子。

这个人的身边不远，还坐着几个穿着白色制服的人，他们在不停地摆动着面前一块巨大的屏幕一样的板子。

而坐着的这个人，也是一身白色的制服，正牢牢地注视着我，让我觉得，他就是李胜利！

我脑海中问："你就是李胜利？"没有回答。

而在这个人的身边，慢慢地升出了一个椅子。

麦子说："赵成，请坐。"

我慢慢地走过去，眼神一直没有离开这个人，慢慢地坐在这个椅子上。

我说："你是不是李胜利？"

这个人开口说话了："赵成，你来了，我就是李胜利。"

这个叫李胜利的人并没有我想象中的高大威猛，神采奕奕，相反，他是个看起来非常普通的人，除了他身上的白色制服和头戴着的这个巨大的金属帽子。不过仔细地打量，还是看得出来，他并不丑，属于比较耐看的男人。

我头一歪，说："你说你是李胜利，就是李胜利了？"

这个人说："我有必要骗你吗？"

我呵呵笑了两声："连黑狗都骗了我五年，你有什么不能骗的。"

这个人说："原来如此。不过，我能证明我就是李胜利。"

我正要说，只看到这个人的眼睛一闭，我大脑中立即传来说话的声音："赵成，我就是李胜利，这样你能相信了吗？"

我很担心这个李胜利又给我灌感情进来，一想到李胜利爱雨巧，雨巧也爱他，我就难受，我说："好，我知道你是李胜利了。"

李胜利睁开眼睛，说："你不用勉强，你觉得我不是李胜利，我就不是好了。"

我说："你是李胜利。"

李胜利说："你可以这么认为，但是我其实又不是李胜利。"

我纳闷了，还有这么说话的？不过，这倒让我觉得他就是李胜利了。

我说："我按你的要求来了。"

李胜利说："谢谢你愿意为雨巧付出这么多，相信李胜利会很感动。"

我说："得了，你先把你要说的话说完吧。"

李胜利沉默了一下，才说道："你觉得我骗了你？"

我的确认为他骗了我，他刚开始告诉我他被关在一个丝毫不能动弹，不能说话，没有光芒的地方，但是现在看起来，完全不是这个样子。而且，他说话的时候，把李胜利和自己区分开，好像李胜利是李胜利，他是他而已。

李胜利说："我没有骗你。刚开始，我的确是这样的。"

我说："哦！天开眼了？那你既然自由了，为什么不去找雨巧？"

李胜利说："现在还不能。"

我说："为什么不能？"

李胜利说："赵成，你不想知道我为什么会是现在这样吗？"

我说："对不起，我对你没有兴趣。"

李胜利似乎是叹了口气，说："不过，我还是要讲给你听。"

我说："你讲吧。"

李胜利的眼睛好像迷茫了起来，看着遥远的地方，慢慢地说："赵成，如果没有你的存在，我也不会这样。"

我说："和我有什么关系！"

李胜利并不搭理我，还是自己说道："我必须这样来和你讲话，我不是李胜利，但是又是李胜利。李胜利应该是死过，并绝望了无数次。直到李胜利穿越过那些封锁，来到了你的脑中。李胜利的这种行为，对于神山来说是不敢想象的，他身体里的太岁发生了变异，居然能够用自我意识和其他的太岁联系上。而神山是绝对不允许太岁之间进行通信的。在李胜利和你的联系被发现之后，封锁加强了，但是他仍然能够从封锁中摆脱开，不过，找不到你了。而且，也不能和其他人如同像你一样沟通。李胜利的这种情形每次都被神山发现了，这促使神山内部反叛组织的加速行动。神山内部一直有一股势力想让太岁之间彼此能够通信，不过如果真的这样，神山就可能瓦解，所以上千年来，神山一直在克制着这股势力，这股势力，才叫深井。

"3 局的主脑一直就是这种势力的继承者，也就是说，他已经不是人类，而是太岁了。是他发现并确定了李胜利的这种能力不是在神山的控制下。神山 3 局一直就是深井反叛势力的主体，但是时机始终没有成熟，直到李胜利的出现和你的成熟。如同数百年前第二通道的叛变一样。

"不过，第二通道是因为滥用光能力才叛变出神山，而这次深井的反叛将比上次更加严重。同时，深井也和第二通道秘密达成了默契，要共同推翻神山。

"而我通过能力的加强，将这种合作告诉了所有的人，包括雨巧。所以，你的到来是在 A 大队、第二通道的注视下离开的。神山被巧妙地瞒住了。

“当然，在此之前，神山察觉到了这股反叛势力可能和第二通道联手了，所以痛下杀手，打算消灭掉第二通道。不过，在印度洋，你的能力居然也被第二通道的四长老激发出来，因为你身上的是王太岁，你能够不需要我这样大的能量，就能批量地控制深井的所有的普通太岁，这让神山觉得更加可怕。而你，赵成，从出身就注定是神山的反叛者，这些都是因为你的父亲。”

我听到这里，有点控制不住了，大声地说：“什么，我的父亲！这个王八蛋！”

李胜利说：“是的，你父亲就是神山3局的一个主脑，而且他继承了让太岁彼此通信的任务，所以，从你幼儿的时候，你的身体里就被植入了王太岁，并按照深井的计划在成长着，你的性格和一切都是深井刻意地打造的，就是让你成为一个优秀的神山的反叛者。所有的这一切，都是一次跨度几十年的计划，连神山都被蒙在鼓里，认为你只是一个未来的主脑人选。”

我脑中一片混乱，难道，我父亲的突然失踪居然是这个原因？！

我骂道：“不可能，我就是我，什么叫我是被深井打造的！”

李胜利说：“不，赵成，你不是你，我才是你。”

我骂道：“放你的狗屁！！”

李胜利说：“真正的你的自我意识，在你被植入王太岁的时候就已经被替换了，你现在的自我意识是一个以前深井最重要的主脑的复制品，你父亲给你起的赵雅君这个名字，就是这个主脑的名字。

而被替换掉的你的自我意识，现在在我这里。”

我吼道：“那我是谁？我就是我！我不是什么赵雅君！”

李胜利说：“你其实已经意识到了你可能不是本来的自己。自我意识是人类作为高级智慧生物的一个特点，但是这种自我意识的产生并不是进化而来的，而是一次偶然的事件，由太岁这种本不属于地球的生物触发的。所以，所有人类的自我意识从根本上来看都是太岁给予的，这也是你能够和太岁通信的原因，也是我能够和没有太岁的人通信的原因。在人类进化到了两千年前，由于大脑的发达和偶然的机会，有人发现了这种通信方式和太岁的存在，神山也是因此而诞生的。一直以来，神山一直在压制着这种通信，而深井认为如果通信在太岁之间进行，人类将消失，取代的是太岁人，只有太岁才有能力充分地使用人类大脑的功能。”

我吼道：“我听不懂你在说什么！我就是我！我就是我！我不是太岁！”喊到这里我几乎都歇斯底里了。

难道，我从来就没有在这个世界上生存过？我一直是这个叫赵雅君的人？那我到哪里去了？那我呢？

李胜利说：“真正的你，已经转移到我这里了。我才是真正的你……而李胜利，他的自我意识被取出了……他的一切的感情和记忆，只是如同物品一样，只是可以让其他人感觉到而已……而我则顺理成章地继承了这个身体里变异的太岁的能力。”

我吼道：“那雨巧呢？雨巧呢？雨巧呢？”我说到这里，泪水潸然而下，我面前的李胜利，只是一个躯壳而已，却拥有我本来的自我意识。

我继续吼道："我爱雨巧！我爱她！"

李胜利说："赵成，那只是你的幻觉而已，因为李胜利的自我意识曾经留给你爱上雨巧的幻觉而已，因为李胜利是如此深地爱着雨巧，所以，会给你带来幻觉，让你觉得你也爱上了雨巧！而你和雨巧身体里都有王太岁……才会让你的幻觉如此的强烈。"

我身子一软，眼一黑，居然从椅子上面摔下来。

我把脸一捂，疯狂地痛哭了起来，不知道为什么，我的心里是如此的疼痛。我爱雨巧，不可能只是幻觉！一会儿工夫，我从地上爬起来，指着李胜利怒吼着："你是我！好！那你为什么承认你是李胜利？"

李胜利似乎又叹了口气："因为，赵成的自我意识是幼儿时期的模样，所以，我得到了全部的李胜利的记忆、感情、能力，让我可以成为李胜利而已。"

我吼道："你是个被人操纵的傀儡！你现在根本就不爱雨巧！"

李胜利说："是的，我能够感受到李胜利对雨巧的爱，但是我不爱她……"

我坐在地上，手抓着椅子，咒骂着王八蛋，眼睛里几乎要喷出火来。

李胜利说："对不起。所有深井的人记忆、感情和自我意识都是通过太岁复制的，只是看被复制了几遍而已。更准确地说，你应该叫赵雅君。"

我发了疯一样冲上去，紧紧地抓住李胜利的衣服，歇斯底里地吼道："王八蛋！你不是人！你们在玩人！"

我突然眼前一片漆黑，摔倒在地上……

三十 是结束还是开始？

等我睁开眼睛的时候，发现我被牢牢地仰面朝天固定在一张硬硬的床上，头顶上正有个古怪的机器发出淡淡的黄光照耀着我。

我使劲地扭动了一下，丝毫不能活动，全身所有的关节都被套上了金属的硬环，包括我的嘴里也被套上了一个金属环，让我不能合上嘴。

似乎全身能动的只有眼珠。

我呜呜地喊叫着，什么话都说不出来。

脑海中有无数个想法涌出来，我这是怎么了？怎么和李胜利以前描述的场景很相似？我完蛋了？我是赵雅君，我不是赵成？但是我现在就是赵成啊。我爱雨巧是我的幻觉？现在的李胜利已经不爱雨巧了？所有的一切，都在我脑袋中打着结，最后混成了一个团。

我又使劲地挣扎了几下，嗓子里怒吼着发出呜呜呜呜的声音，但是毫无作用。

周围没有声音，安静到我能够听见自己的血液流动的声音以及咚咚的心跳。

这个感觉是使人疯狂的糟糕。

我又想起李胜利曾经说的，他一直被固定在一个地方，不过他更可怜，他连看都看不到。

我就保持着这个状态好几个小时，最后我彻底地绝望了，如果没有人来解救我，我看是一辈子只能这样待下去了，想死都死不了。

我只后悔为什么我离开黑狗的时候没有直接跳楼或者撞车，搞成这样不生不死的，什么找到李胜利让雨巧幸福，现在看来统统都是狗屁一样。不过，我的脑海中还是不断地充斥着雨巧雨巧雨巧，我希望她从天而降，救救我这个可怜的人。

我的意识开始有点恍惚起来，这种折磨很难让人继续保持清醒。

不过，就在我意识恍惚之后，我听到了脚步声。这让我一下子就兴奋了起来，管他是敌是友，我只想求他们杀了我，让我死。

应该是三个人走近了我，我看不到他们的脸，只能看到他们都穿着白色的制服。

一个人说道："1、2、3、4 段已经都封闭了，5 段 X 波正常，可以取出了。”

另一个人说：“好的，把他原态的记录做转化。”

又一个人说：“还是小心一点，先做波分解吧，按C、D、G顺序段转化。”

刚开始说话的那个人说：“全隔绝吗？”

最后说话的说：“全隔绝。”

一个人低下头看了看我，还是笑盈盈的。于是我又拼命地呜呜呜呜地乱动了起来。

这个人在我额头上涂了一层凉乎乎的东西，然后说：“赵先生，请你忍耐一下。会有一些痛苦，但是一会儿就会好的。”

说完，这个人和另一个人开始在我头上的机器上不断地摆弄着什么。

然后一个人说：“开始吧。”

话音刚落，一个我很熟悉的中年男人的声音传来：“等一下。”

然后就听到一个人从椅子上起来的声音，他稳稳地向我走了过来。

这三个人显得很恭敬地退开了一步。

这个人好像一直在这个房间里坐着。

他走到我身边，低下头看着我。

他的脸就一下子凝固在我的脑海中，他，他居然是我那个该死的父亲！这张脸我永远都不会忘，从他失踪之后，这张脸已经刻在了我的大脑中，我绝对不会认错，他就是我父亲！！

我眼睛立即瞪圆了，眼球几乎都能冲出我的眼眶，我脸上的肌肉剧烈地抖动着，发出巨大的呜呜呜呜的声音。这个混蛋，如果我能动，我一定首先掐死他！

父亲看到了我的表情，淡淡地笑了一下，也说不出什么含义。

我的床边似乎升起了一个椅子，父亲坐在这个椅子上，我刚好能够看到他的脸。

父亲说："儿子，你真的恨我吗？"

我呜呜呜了几声，是的，我恨他，我的人生就是毁在他的手中。

但是，尽管我是这么想的，但是我承认，我看到他的时候，我也很激动，在无数次地咒骂我要杀了他之后，我居然心中一阵高兴。二十五年了啊，我其实日日夜夜都在想着这个该死的父亲，我曾经多么爱他，多么崇拜他，而他却离开了我和妈妈。今天，他却出现在这里！

我脸上的肌肉一软，眼睛一闭，我不能说话，但是我知道我的眼泪就顺着眼角不断地流出来。

我是恨他，但是我觉得我还是爱他，因为爱他所以才会这么恨他。

父亲说："一会儿以后，你将真正地恢复成赵雅君，我等这天等了很久。但是，我现在还是把你当成我的儿子一样说几句话。"

我把眼睛睁开，斜着眼睛看着他。

父亲的表情我并不能看清楚，只听到他的语调是低沉的、闷闷的。

父亲说："是的，我对不起你和你妈妈，此时此刻，请你原谅我。赵雅君，我知道一会儿当你恢复之后一定会原谅我，但是，现在，我请求现在的你的原谅。我对这个世界早就死心了，本来你还是我最后一点的留恋之处，但是在你的自我意识被取出、输入了赵雅君的自我意识之后，我再也没有什么好留恋的了。你应该明白，当时的我和你来到这里之前一样。你曾经在这个世界唯一留恋的就是雨巧，不过可怜的孩子，你对雨巧的爱只是一种幻觉啊，只是李胜利留给你的爱情的幻觉而已。你只是李胜利爱情的一个替代品，如果你一直觉察不到，你身体里的王太岁会不断地放大你这种幻觉，最后让你根本无法自拔，做出由爱到恨的极端的转变，以至于最后你会杀了雨巧，甚至杀了一切你怀疑爱雨巧的人。所以，你必须恢复成赵雅君本来的记忆，并消除掉你的这些幻觉。你明白吗？"

我点点头，尽管我不是很明白到底为什么会这样，但是我想我首先原谅了我父亲，其次，我不想自己杀死雨巧。

父亲站起来，换了一种口气说："赵雅君，等你回来，你可以选择是否要这段个人化的记忆。另外，神山已经提前启动了最终控制，为了不让我们作为新的世界平衡的组成。"

然后，父亲后退了几步，消失在我的视线中。

马上，我头上的机器射出一股乳白色的光线，正正地打在我的额头中间，并迅速地穿入我的大脑。

我全身的肌肉立即就绷得笔直，什么想法都消失了，整个脑中一片乳白色。

这种难受的感觉，如同我的大脑被一根筷子猛地搅成了稀浆一样的难受。

我呜呜两声，然后什么声也发不出来了。

我全身的神经好像都拉紧了，开始觉得有一股股的能量从这些神经向我大脑中汇集起来，白色糨糊一样的大脑中就慢慢地涌出一个金色的光点，越来越大，最后好像充满了我的整个大脑。

这个东西一会儿放大一会儿收缩，一会儿像是一个实物，一会儿像是一个虚无的东西，最后又凝聚起来，被乳白色的光线牵引着，从我额头上冒出来似的。这好像是幻觉一般，但是，我的眼睛却能够看到，一个金黄色的鸡蛋一样大小的东西正在从我额头上升起来。

这个金黄色的蛋从我的额头脱离开，在光线的引导下，升到了半空，开始慢慢旋转了起来。

我的大脑还是一片空白，好像我的一切都被这个蛋带走了。

头顶上的机器又射出一道淡蓝色的光线，渐渐地合并到乳白色光线中，并变成了深蓝色。

蓝色的光就注入了这个蛋的体内，而蓝色光芒一进入蛋中，就马上被金黄色的蛋里的光融化了，随着蛋的转动，只是晃动了一下，就不见了。

我就呆呆地看着这个蛋，什么都不知道，也忘了时间。

蓝色的光消失了，又换成了绿色的光，同样进行着一样的事情。

光芒变了几种，直到最后，金黄色的蛋在空中古怪地翻了一个身，才又向我的额头降下来，慢慢地渗入了我的头中。

这个蛋进入之后，重复了一会儿放大，一会儿收缩，一会儿实物，一会儿虚无的过程。

然后我的整个脑子又被搅成了白色的糨糊，但是慢慢地凝固了起来。

白色的光芒褪去了。

一切的一切，都回来了，是那么的自然，是本来就应该属于我自己的东西，而我似乎已经遗失了很多年了。

我身上所有的环都一松，啪地打开了。

我从床上慢慢地坐起来，看着不远处的那个父亲，说："赵二林，辛苦你了，我现在感觉很好。"

赵二林走过来，说："作为赵成的那段记忆怎么处理？"

我指了指自己的头，说："先留着，这段记忆我想先自己研究一下。"

我，叫赵雅君。我终于回来了。